CRITIQUE

D'un Docteur de Sorbone, fur les deux Lettres
de Meſſieurs DESLYONS ancien, & de
BRAGELONGNE nouveau Doyen de la
Cathedrale de Senlis, touchant la Symphonie
& les Inſtrumens que l'on a voulu introduire
dans leur Egliſe aux Leçons des Ténebres.

(C)

AVERTISSEMENT.

C'EST un Docteur de Paris, qui a fait cette Critique des deux Lettres qu'on lui avoit communiquées, & que l'on juge à propos de donner au public. Nous voulons bien demeurer inconnus. La Prudence & la Charité Chrétienne le demandent ainsi, pour ne nous pas attirer de querelle, en prenant part à celle que l'on a faite si gratuitement à Monsieur nôtre Maître Deslyons ancien Doyen & Theologal de Senlis. Les Curieux & les Devots attendent depuis six mois quelque réponse à celle que le nouveau Doyen son Successeur a répanduë par nos Provinces, pour soûtenir contre lui l'usage de la Musique & des Instrumens dans l'Office des Ténebres. Cependant il ne paroît rien. Et ceux d'entre nous qui connoissent le tempérament & la vertu de ce Doyen de tous nos Doyens, puisqu'il l'est depuis soixante ans, ne sont pas surpris de son indolence & de son silence dans cette occasion, aïant toûjours parû pacifique jusqu'au scrupule, dans toutes les autres questions du tems, qui se sont agitées parmi nous.

Celle-ci véritablement n'est pas si grand'chose à regarder la matiére dont il s'agit, de Voix & d'Instrumens de Musique ; où il n'y a qu'à bien mesurer le vent, & batre l'air agréablement pour charmer les oreilles ; c'est ce que l'Apôtre compte pour rien, *Nihil sum, velut æs sonans, aut cymbalum tinniens.* Mais aussi pou- ¹· Cor. ¹³. ¹. vons nous dire que pour la forme, c'est quelque chose de conse- quence dans le Service Divin ; & surquoi nos Chapitres se trou- vent assez partagez & differens dans leurs pratiques. Desorte que nous croïons leur faire honneur & plaisir, de leur donner cét éclaircissement des Lettres que ces deux Doyens ont écrit l'un à l'autre sur ce sujet, & sur les circonstances de leur affaire dont nous sommes assez instruits pour en parler pertinemment.

A ij

AVERTISSEMENT.

Il s'en faut bien que leur Controverse soit aussi grave & importante à la Discipline de l'Eglise, que le fut autrefois la dispute de saint Augustin & de saint Jérôme, qui les exerça si vivement à contester & à trouver le vrai sens d'un passage de l'Epitre de saint Paul aux Galates. Il y a pourtant un je ne sçai quoi qui se ressemble dans le procedé : Car ce fut une Lettre égarée, interceptée & renduë publique, qui broüilla ces deux grands Docteurs de l'Eglise. L'Evêque Augustin qui étoit le plus jeune & dans la force de son âge, avoit écrit le premier au Prêtre Jerôme déja cassé de vieillesse pour le consulter sur ce passage. Ici, c'est le vieux Doyen qui a écrit au jeune pour lui conseiller de ne pas faire chanter les Lamentations de Jérémie au son des Instrumens. Jérôme qui ne reçût la Lettre qu'aprés quelques années qu'elle eut couru toute l'Italie, & que les Sçavans qui n'y voïoient point de réponse, prenoient le parti d'Augustin, lui en fit des reproches

Epist. xiv. apud S. Augustinum. assez raisonnables & bien fondez. ,, Mes plus familiers Amis, ,, lui disoit-il, & d'autres saintes Ames remplies de la grace de ,, JESUS-CHRIST, dont il y a un fort grand nombre à Jerusalem ,, & aux environs, *Suggerebant mihi non simplici à te animo factum,* ,, m'ont fait croire que c'est une piéce faite à plaisir contre moi, à ,, dessein d'exercer & de faire parade de vôtre suffisance, pour vous ,, acquerir de la gloire parmi les Peuples, & établir vôtre reputa- ,, tion à mes dépens, *Ut de nobis cresceres, tuam vis vel exercere,* ,, *vel ostentare doctrinam :* Lors qu'on verra que vous m'attaquez, &

Laudes & tumultulos & gloriolâ populi requirente &c. Apud S. August. Epist. xiv. ,, que je vous crains; que vous écrivez en homme docte, & que ,, je me tais comme un ignorant; qu'enfin j'ai trouvé mon pareil, ,, & qu'Augustin sera tout propre à rabatre le caquet de Jérôme ce ,, grand faiseur de livres. *Ut multi cognoscant te provocare, me ti- ,, mere, te scribere ut doctum, me tacere ut imperitum; & tandem repe- ,, risse qui garrulitate meæ modum imponeret.*

Tout homme qui lira la Lettre de Monsieur de Bragelongne, reconnoîtra que c'est ici du vrai sang tiré de ses veines, & que se

Ad me solù non pervenerit, cui soli Missa sont en éfet ses pensées & ses propres paroles. ,, Pourquoi, dit-il, ,, faire imprimer une Lettre qui s'adresse à moi seul, & qui se trouve ,, repanduë par tout en même tems que je la reçois : Est-ce pour faire briller vôtre éloquence, pour étaler vôtre érudition & vôtre esprit à mes dépens.

Non assurement : & nous qui connoissons Monsieur Deslyons, en repondrions bien pour lui, que dans un âge si avancé, & aprés une abdication si meditée des deux Dignitez qui lui poûvoient encore faire quelque merite devant Dieu, & un peu d'honneur devant les hommes ; n'étant plus effectif depuis six ans, ni Doyen parmi le Clergé, ni Theologal pour le Peuple, il voulut s'aviser maintenant de souffler sur des étincelles, & sur un peu de cendres chaudes qui en restent, pour r'allumer son feu & réchauffer sa vieillesse. Mais enfin, si un tel Saint, tout couvert d'années & de palmes, pour le nombre infini de ses combats & de ses victoires dans le champ des Ecritures, dont il étoit reconnu de son tems pour le plus sçavant Interprete, & le plus habile Censeur, si dis-je, saint Jérôme a été capable de cette foiblesse, & si ses Amis mêmes & des plus Saints, *Vasa Christi*, comme il les appelle, lui en ont donné la tentation contre un jeune Evêque de l'éclat & de la reputation qu'avoit alors saint Augustin, *Tu Episcopus*, dit-il lui-même, *in toto orbe notissimus* : Nous étonnerons nous, que ce jeune Doyen qui n'est pas encore canonisé ait eu de semblables pensées, ou qu'on lui ait suggerées contre son Ancien, qu'il accuse de n'a-voir publié sa Lettre, que pour triompher de lui en faisant voir ou sa négligence, ou son ignorance sur les Céremonies de l'Eglise.

Véritablement, on ne peut pas nier qu'il n'ait eu dessein de l'instruire & de lui persuader que les Instrumens ne convenoient pas aux Funerailles de IESUS-CHRIST. Sa Lettre ne chante autre chose : & c'est encore une rencontre assez heureuse que saint Jérôme dans sa querelle contre saint Augustin, allégue le même passage de l'Ecclesiastique. J'ai, dit-il, retardé à vous r'écrire à cause de la longue maladie de nôtre sainte & vénérable Mere Paule : car me trouvant obligé d'être assidument auprés d'elle, j'ai presque oublié vôtre Lettre, me souvenant de ce Texte de l'Ecriture, *que la Musique ne s'accommode point avec le dueil* : c'est-à-dire que dans l'embaras de cette maladie, il ne pouvoit pas vâquer tranquillement à ce concert de questions & de doctrines : au lieu

A iij

cc est. Hie-
cc ron. Aug.
Epist. xiv.

Page 2. de sa
Lettre.

Epis

Accessit ad
moram sanctæ
& venerabilis
Paulæ longa in-
firmitas. Dùm
enim languen-
ti multo tem-
pore assedimus
penè Epistolæ
tuæ, vel ejus

qui sub tuo nomine scripserat, obliti sumus, memores illius versiculi, musica in luctu importuna narratio. *Hieron. August. Epist. xiij.*

que Monsieur Deslyons a profité de l'occasion pour corriger la Musique même dans le tems que l'on en vouloit abuser. Et le Lecteur peut encore admirer ici, que le Verset entier du vingt-deuxiéme Chapitre de l'Ecclesiastique, comprend & justifie le procedé de l'ancien Doyen, dont le jeune se plaint. Car voici la traduction, ou le sens du Verset entier; *Musica in luctu importuna narratio; flagella & doctrina in omni tempore sapientia.* C'est à dire, *La Musique n'est point de bonne grace dans le dueil; mais la sagesse peut faire bien à propos en tout tems des reprimandes & des instructions.* C'est à peu prés ce qui s'est passé dans la procédure. L'Ancien a dit au jeune par un billet d'avis, qu'il ne falloit point de Violes & de Violons aux Leçons des Ténebres, *Musica in luctu.* Le jeune s'en est offensé, de ce que la correction en étoit devenuë publique par le Billet imprimé. Mais si le fait étoit déja public par la division de deux partis formez dans le Chapître, & par la contradiction des Assemblées & des Actes Capitulaires qui se détruisoient les uns les autres, où est le mal que chacun de son côté se soit efforcé de faire voir au Public la bonté de sa cause, & que selon cette Ecriture qui blâme la Musique aux funerailles des hommes, & à plus forte raison dans celles de Iesus-Christ, ce ne fut un sage procedé d'instruire ou de corriger dans ce moment-là, ceux qui n'y pensoient pas assez, *Flagella & doctrina in omni tempore sapientia.*

On ne voit pas non plus quel plaisir, ni quelle gloire l'Ancien auroit pû se donner contre le jeune par ce procedé. Car dans l'état où il s'est mis à l'égard de son Successeur, il n'a plus d'autre gloire à désirer ni de joie à goûter que celle dont parle l'Ecriture, qui dit *qu'un Fils sage est l'honneur & la joie de son Pere*; mais qui dit aussi, que le Fils qui est sage, est la doctrine de son Pere, soit pour la recevoir de lui, soit pour la suivre & l'enseigner aux autres: *Filius sapiens doctrina Patris.* Au lieu que le Fils qui n'est point sage, n'écoute pas même la doctrine de son Pere, lorsqu'il veut lui faire connoître qu'il est dans l'illusion & dans l'erreur, *qui autem illusor est, non audit cum arguitur.*

Filius sapiens lætificat Patré. *Proverb. 10. 1. & 15. 20.*

Proverb. 13. 1.

Il y a grande apparence que cette écriture ne s'est pas accomplie à la lettre de côté ou d'autre, c'est à dire , ou que le vieux Doyen a souffert quelque chose d'humain ; ou que le jeune en a agi lui-même trop humainement à son égard : Car il est vrai que les Resignations de nos Bénéfices, & les Elections que nous faisons de nos Successeurs, nous rendent comme leurs Peres. Or il n'y a rien de plus sensible aux Seigneurs de nos Eglises, que de voir leur propre génération s'élever contr'eux , défaire ce qu'ils ont fait, méprifer leurs avis, introduire des nouveautez, & renverser la bonne difcipline qu'ils ont r'établie ou maintenuë de leur tems : & quand ils ne le feroient pas ouvertement, il suffit qu'ils donnent sujet de le croire. C'est toucher les vieillards à la prunelle des yeux, que de s'eftimer plus éclairez qu'eux dans les Charges par où ils ont passé, & où l'expérience de plusieurs années n'a fait que perfectionner la science & la capacité qu'ils en avoient. Si Monsieur Deflyons a cru ou craint quelque chose de femblable , Monsieur de Bragelongne n'a que trop déclaré que c'étoit-là son penchant , & fa difposition dans leur affaire des Ténebres. Mais fa Réponfe ne permet plus d'en douter, après ces paroles que nous y lifons à la feptiéme page. "Epargnez-vous, Monsieur, " une autrefois tant de peines........ fous prétexte de zéle....... " enfin vous êtes difculpé devant Dieu, dés que les chofes ne roulent plus fur vôtre compte. Ce font-là des termes qu'on pouroit " juger fans témérité être les éruptions, & les indices d'une profonde ingratitude, & d'une lache jaloufie : Car cela veut dire à qui l'entend : " Ie n'ai pas befoin de vos avis : mêlez-vous de " vos affaires ; ce font maintenant les miennes : vous n'êtes plus " qu'un bon homme ; contentez-vous de prier Dieu , & laiffez nous " faire ; nous conduirons bien la barque , fans que vous mettiez là " main à l'aviron. Les chofes ne vous regardent plus , & vous n'avez plus rien à voir fur les Perfonnes. Voilà la glofe que l'on a " donnée à fon texte, & les honnêtes gens qui connoiffent ces deux Meffieurs, les ont plaints également la deffus ; l'un de fon imprudence à parler de la forte dans un imprimé que tout le monde lit ; l'autre de fon malheur, d'avoir refigné le Doyenné à un homme qui lui arrache le refte de fa vie , en lui ôtant la refpira.

tion de fon zéle dans les confeils qu'il pouvoit lui donner, pour entretenir une mutuelle correfpondance de bonnes intentions, & de bonnes œuvres.

Toutefois, nous aprenons que leur querelle paroît affoupie : & peut-on attendre autre chofe que paix & charité de nôtre ancien Docteur, qui a toûjours été fi pacifique, qu'on ne l'a point vû

Arundinē quaſſatam, linum fumigans. Iſaï. 42.

,, difputer, ni crier ; & que perfonne n'a entendu fa voix dans nos
,, Affemblées de Sorbonne durant les tempêtes de nos conteſta-
,, tions ; non pas même pour brifer les rofeaux caffez, ni pour ache-
,, ver d'éteindre les méches qui fumoient. Il a d'ailleurs un véri-
table intérêt à menager la réputation du choix qu'il a fait, d'un Succeffeur lequel il a dû bien connoître. Car il n'apartient qu'à Dieu de prédeftiner les hommes avant la previfion de leurs mérites ; parce que c'eft lui-même qui les leur donne. Mais les hommes doivent & veulent toûjours trouver du mérite, du moins ils s'en font, & ils s'en imaginent dans les gens qu'ils deftinent à remplir leurs places, & ils ne les y mettroient pas, s'ils ne les en jugeoient dignes.

Il ne s'en fuit pas de-là que les bonnes qualitez qu'il a trouvées dans fon Profelite, difpenfent celui-ci d'écouter les fages confeils de fon Electeur ; *Filius fapiens eft doctrina Patris.* S'il eft obligé tous les jours de prendre les voix des Chanoines, & de conclure à la pluralité, qui n'eft pas bien fouvent la meilleure & la plus faine, il ne fera point de tort à fa fageffe de recevoir les bons avis de fon Doyen, dont nous fçavons par la renommée publique que le Chapitre de Senlis a été bien fervi, & fans en recevoir ni dommage ni deshonneur durant l'efpace de plus d'un demi fiécle. L'on n'en eft pas moins fage, lors qu'on ne fait les chofes qu'avec confeil : le Livre facré des Proverbes eft femé d'un grand nombre de Sentences, qui ordonnent de ne rien entreprendre ni pour fuivre qu'avec le confeil des Sages, & que c'eft même le propre & le meilleur caractére de la fageffe. Or Salomon ne l'entend pas feulement des particuliers. Il en fait une regle pour les Compagnies, & pour les Corps, tels que font nos Chapitres, où il y a toûjours divers partis, qui fe forment néceffairement de l'oppo-

fition,

sition, & de la présomption des esprits différens, dont ils sont composez ; *inter superbos semper sunt jurgia.* Ils veulent donc dominer & l'emporter les uns sur les autres. Mais on ne les accorde, & on n'en vient à bout, qu'en faisant tout avec Conseil. Et c'est ce que l'on n'observe pas fort reguliérement dans la plûpart des Chapitres. Chaque parti a toûjours son Chef, ou son Dominant, & celui-ci a ses raisons, & de ses propres raisons, il se fait une sagesse particuliére, qui n'est le plus souvent qu'humaine & apparente : alors, elle ne suffit pas pour juger des matiéres Sacrées, & Ecclesiastiques. En ce cas le même livre des Proverbes nous avertit que les plus sages ont quelquefois besoin d'être repris & redressez par les avis qu'on leur donne ; *Si corripueris sapientem, intelliget disciplinam.* Si vous corrigez, dit-il, l'homme sage par vos avertissemens, il comprendra la verité, & il apprendra la bonne Discipline que vous lui faites connoître : & s'il se rend docile & obéissant à vos bons avis, vôtre correction lui servira d'ornement, comme d'un pendant d'oreille d'or avec une perle brillante, *In auris aurea & margaritum fulgens, qui arguit sapientem & aurem obedientem.* Cette Sentence marque non seulement que le Sage est quelquefois sujet à la répréhension : Mais aussi qu'il y doit déférer : & que lors qu'il la reçoit avec humilité, cette vertu est un riche joïau à parer son ame, comme feroit une perle prétieuse attachée aux oreilles avec un pendant d'or. Et s'il faut percer l'oreille & souffrir quelque douleur pour y mettre le filet d'or, & y pendre la perle : on sent aussi de la peine à dompter l'orgüeil, & à mortifier la repugnance de la nature à la correction : & cette humble docilité donne une nouvelle grace à l'ame du Sage, qui profite de la remontrance qu'on lui fait. La Lettre de Monsieur Deslyons n'étoit rien autre chose, & devoit operer le même éfet dans l'esprit de son Coadjuteur. Au lieu de s'en faire un exercice de vertu, il s'en est fait un objet de tentation : dirons-nous de vaine gloire, comme saint Iérôme & ses amis en faisoient le jugement & le reproche à saint Augustin ; *Puerilis esse jactantiæ, quod & adolescentuli facere consueverant, accusando viros illustres nomini suo famam quærere :* Car en ce tems-là Iérôme étoit si re-

Inter superbos semper sunt jurgia, qui autem omnia agunt cum consilio, reguntur sapientia. Proverb. 13. 10.

« Proverb. 19. 25.

« Proverb. 25. 12.

Epistol. xiij.

B

AVERTISSEMENT.

nommé pour la science, & dans l'interpretation des saintes Ecritures, qu'Augustin auroit pû gagner sur lui quelque point de gloire, s'il fut demeuré le plus fort dans une telle dispute. Mais sans flater l'un, ou blâmer l'autre de nos deux Docteurs, l'on peut croire bonnement, que ni l'Ancien n'a pas voulu se signaler par ce duel, ni le Ieune pour peu qu'il se connoisse, n'aura pas prétendu de se mettre par là au nombre des Illustres & des Forts d'Israël, dont le combat & la victoire méritassent d'être inscrits dans les Fastes de l'Eglise.

Il est seulement vrai que Monsieur Deslyons, ne pouvoient pas moins faire que sa remontrance contre la nouveauté : mais que Monsieur de Bragelongne en a trop fait par sa réponse, & contre son double Doyen, auquel il ne peut nier qu'il n'ait quelque obligation. Il ne nous reste à souhaiter que de voir un progrés édifiant de leur bonne union, & la fin de ce différent semblable à ce qui se passa dans l'affaire des deux Saints. Iérôme étoit vivement offensé de la Lettre courante d'Augustin ; & il y paroît assez par tout ce qui nous en reste dans leurs Epîtres. Il se contint néanmoins en patience & en silence durant plus de quatre années, sans en faire éclater son ressentiment ; *Ante hoc fermè quinquennium.* Au lieu qu'en moins de quatre jours, le jeune Doyen a expedié sa réponse ; *Tumultuario sermone*, diroit encore ce Pere, *non maturitate scribentis, sed dictantis temeritate ;* laquelle

Epist. xiv.

,, il fit voler aussitôt par les Provinces. ,, Ie m'abstenois, dit-il, par
,, respect d'écrire contre un Evêque Catholique de ma Communion,
,, de peur de le faire avec trop de hauteur ; parce que je trouvois
,, bien des choses à reprendre dans sa Lettre, & quelques unes mêmes que je jugeois hérétiques. I'estimois qu'il seroit imprudent &
,, de mauvaise grace à un simple Prêtre en l'état où je suis d'employer ma plume contre ce Prelat, que j'ai commencé d'aimer
,, avant que je le connusse, & qui m'a prevenu le premier des témoignages, & des éfets de son amitié. Enfin, qu'il n'étoit pas
,, du bon sens à un homme de mon âge, (saint Iérôme l'entendoit de sa vieillesse, & Monsieur de Bragelongne devoit l'entendre
,, de sa jeunesse) de se déclarer, & me faire connoître au monde,

Non enim convenit ut.... aliquid contrà Episcopum communionis meæ.

pour ennemi & cenſeur des ſentimens d'une perſonne à laquelle "
je ſerois obligé de faire faveur & ſervice en toutes occaſions. "

Il faut avoüer qu'en tout ceci, il y a bien des traits de reſſem-
blance, & pour les Lettres qui ont couru, & pour le procedé
different qu'y ont tenu les deux Doyens. Mais enfin, le meilleur
eſt que la paix & la charité fraternelle n'en ſoit pas alterée entr'-
eux : comme c'eſt un plaiſir curieux & devot de lire les compli-
mens reciproques, par où ces deux grands Docteurs de l'Egliſe
s'excuſerent mutuellement, & finirent leur querelle. Toutefois
le bon ſaint Iérôme fit le ſien, en menaçant gaïement ſaint Auguſtin par un proverbe de ce tems-là ; *Bos laſſus preſſius figit pedem.*
On ſe ſervoit alors de bœufs pour battre en grange, & fouler les
épis ſur l'aire. Or il eſt vrai qu'un vieux bœuf, & bien haraſſé,
peſe plus de ſon pié, & écache mieux les épis pour en faire ſortir
le blé : voulant dire par cette parabole, que tout las qu'il étoit
d'avoir tant écrit & compoſé pendant ſa vie, il le feroit encore
bien dans ſa plus péſante vieilleſſe, pour enfoncer & écraſer ſous
ſes piés les pailles des Ecrivains vulgaires qui s'attaqueroient à
lui. Cette alluſion du vieux Doyen au jeûne, en matiere d'écrits
& de ſtile feroit aſſez juſte. Mais leur concorde vaut incomparablement mieux, & il eſt à déſirer que le compliment de ſaint
Iérôme, & que nous avons par écrit, ſoit le langage du cœur de
ces deux excellens Prêtres. Car la bouche ne parle plus ainſi ; &
l'on prendroit pour une grande barbarie, ſi un Prêtre oſoit finir
ſa Lettre à un Evêque, par des termes ſi familiers, Adieu mon
tres-cher Ami, je vous embraſſe tendrement comme mon Fils,
ſelon l'âge : & je vous honore parfaitement comme mon Pere,
ſelon vôtre dignité d'Evêque. *Vale amice cariſſime, ætate Fili, di-*
gnitate Parens. Voilà comme ſaint Iérôme parloit à ſaint Auguſtin,
quoiqu'ils ne ſe fuſſent jamais vûs. Mais c'eſt qu'ils étoient Saints,
& que la langue Latine étoit plus ſainte, & par conſequent plus
humble que la Françoiſe, qui ne veut aujourd'hui pour ſes Prélats, que de la Seigneurie, de la Grandeur & de l'Eminence.
Que Monſieur de Bragelongne ſoit comme un fils ſelon l'âge ;
que Monſieur Deſlyons ſoit comme pere, ſelon l'antiquité de ſa

AVERTISSEMENT.

Dignité, & de la génération spirituelle ; c'en seroit assez, & c'est peut-être encore plus que ne permet le dégré de leur grace présente. Il suffira qu'ils soient tous deux Freres, & l'un à l'autre *germanus compar*, qui est le titre que saint Paul donnoit à l'un de ses plus grands amis, pour porter ensemble le joug du Seigneur, & les interêts de son Eglise. Nous ferons nôtre joie commune de leur paix. Mais nous faisons aussi nôtre commun devoir dans la défense d'un point de Discipline, établi si judicieusement par une double Ordonnance Synodale de Nosseigneurs les derniers Archevêques de Paris. Ils ont voulu, mais après une tres-sage consultation, & par l'avis des plus Sçavans & des plus Religieux Théologiens de la Sorbone, que la Musique & les Instrumens ne soient plus le divertissement de la Semaine-Sainte : que l'on n'éteignît point l'esprit de componction aux Offices des Ténebres qui sont les Funerailles de IESUS-CHRIST, & le grand dueïl de son Eglise ; par la pompe & les agrémens des simphonies, dont l'abus commençoit à s'établir dans cette Capitale, & d'où elle en pouvoit repandre la contagion dans les autres Provinces. Monsieur Deslyons n'avoit écrit que conformement à leur Ordonnance. Il paroît en demeurer là. Nous loüons sa modestie & sa mansuétude. Mais nous sommes Docteurs, & nous en faisons la fonction en défendant son Ecrit, & l'autôrité de nos Prélats ; suivant ce qui nous est prescrit par l'Oracle du Prophete, qui veut que pour garder la paix, on n'abandonne pas la verité.

Philip. **4.** **3.**

Zachar. **8.**   *PACEM ET VERITATEM DILIGITE.*

* *
* *

CRITIQUE

D'un Docteur de Sorbone, sur les deux Lettres de Messieurs DESLYONS ancien, & de BRAGELONGNE nouveau Doyen de la Cathedrale de Senlis, touchant la Simphonie & les Instrumens que l'on a voulu introduire dans leur Eglise aux Leçons de Ténebres.

MONSIEUR,

J'ai lû les deux Lettres que vous avez bien voulu me communiquer, & puisque vous m'en demandez mon sentiment, je vous dirai que l'on ne se trompe pas dans le monde en croiant que celle qui a pour titre *Reponse à la Lettre de Monsieur Deslyons*, n'est pas l'ouvrage de celui dont elle porte le nom. Il est issu d'une famille d'honneur ; & je n'ai point vû dans un Livre qui fut fait il y a quelques années pour apprendre au public que l'origine en est ancienne, que parmi tant d'illustres de ses Ayeuls, il y en ait eu quelqu'un d'un caractére d'esprit si imprudent & si peu éclairé. Je le plains donc d'avoir été si mal servi. Mais je ne sçai si le monde qui ne pardonne rien, lui sçaura bon gré d'avoir laissé paroître sous son nom un si méchant ouvrage. Car si vous voulez que je vous parle franchement ; autant que la Lettre de Monsieur Deslyons sent sa pieté & son véritable Théologien ; autant la Réponse qu'on lui fait est-elle indigne, je ne dirai pas d'un Docteur dont l'Auteur se donne la qualité, mais d'un Chrêtien & d'un Homme d'honneur. Ce n'est, si vous y prenez garde, qu'une satire mordante, un discours de fanfaron, un amplification puerile d'un jeune écolier de Rétorique. L'Auteur commence par reprocher à Monsieur Deslyons, d'être adorateur de ses propres lumiéres, & continuant jusqu'à la fin sur le même ton, il ne se lasse point d'embellir ses raisons extravagantes, d'un grand nombre d'invectives & d'insultes insuportables. Que le terme d'extravagant ne vous choque point ; on le donne bien à certaines Bulles de Papes qui sont raportées dans le Decret, com-

B iij

me hors d'œuvre, & fur des matiéres extraordinaires. Mais je le prens ici dans le fens ordinaire, auquel on l'entend quand on blâme une réponse qui ne va pas au fait. Dequoi je vous prie eft-il ici queftion ? N'eft-ce pas de fçavoir fi ce n'eft point agir contre l'efprit de l'Eglife de préparer des fpectacles de Mufique, de Simphonie, de Violes, de Violons, & de Claveffins, pour chanter dans l'Office des Ténebres ? Monfieur Deflyons ne prétend autre chofe par fa Lettre ; il remontre honneftement à fon Confrere, que cét apareil ne convient point au tems ; il en dit modefte-

Page 5. de fa Réponfe ligne 31.

ment fes raifons, & le jeune Docteur (je l'appellerai ainfi, puifque lui-même fe cache fous ce nom) pour lui prouver le contraire, s'amufe à foûtenir que la Mufique eft reçûë dans l'Eglife, que l'on s'en fert dans les Offices divins, & que c'eft une chofe indifferente d'honorer Dieu, ou par la Mufique & fes accompagnemens, ou par la Pfalmodie. De bonne foi, Monfieur, que penfez-vous de cette exception ? n'avoüerez-vous pas qu'il prend le change, qu'il quitte la thefe pour recourir à l'hipotefe, & que n'ofant entrer en lice, il fe forge d'ailleurs des monftres pour les combatre. Ne diffimulons rien ; il veut faire à croire à Monfieur Des-lyons que la Mufique n'eft pas de fon gout ; & parce que ce vénérable Doyen ne peut fouffrir les abus que l'on en fait dans des jours où elle ne doit avoir lieu, il lui en fait un crime ; comme s'il vouloit abfolument la bannir pour jamais de toutes les Eglifes, ce qui eft lui faire une injuftice. Car fi le jeune Doyen comprend bien que ce n'eft pas abfolument con-damner l'or & l'argent, que d'en reprendre le luxe, & les vanitez immo-derées ; pourquoi accufer l'ancien de vouloir interdire généralement la Mufique de tout le Service divin, comme fi c'étoit une chofe mauvaife : parce qu'il fe recrie contre l'ufage que l'on en fait dans des Offices où elle ne doit point être entenduë ? Mais paffons plus avant. Quand on lui accorderoit que Monfieur Deslyons eft dans le fentiment qu'il lui impute, ce que néanmoins on ne peut induire de fa Lettre ; la Réponfe qu'on y a faite feroit toûjours extravagante dans le fens que je viens d'expliquer. Car fouvenez-vous, Monfieur, & remarquez bien, s'il vous plaît, que la Lettre de nôtre Docteur n'eft écrite à autre fin, que pour avertir cha-ritablement fon Confrere, que rien n'eft plus repugnant au fens commun, & à l'Efprit de l'Eglife, que de mefler la Simphonie & faire agir les Inftrumens dans l'Office des Ténebres : Voilà juftement dequoi il eft queftion, & c'eft à cela précifement qu'il falloit répondre ; cependant voïez-vous qu'il ait touché cette corde ? Lifez & relifez fa Réponfe, & vous trouverez comme moi qu'à peine a-t-il ofé, ni pû l'effleurer.

Il expofe pour fa premiere défenfe, qu'un grand Archevêque de l'E-glife Gallicane, l'a détrompé de l'erreur où il étoit, que des Inftrumens ne devoient pas entrer au Service de l'Eglife ; il nous permettra bien de nous défier de la fidelité de fa mémoire fur le raport qu'il nous en fait,

Car dans les Converfations, où l'on s'entretient des circonftances de cette pieufe querelle ; on affure qu'il l'a nommé, & qu'il l'eft d'une Metropole fi canonique, d'une Epoufe fi modefte, qu'elle n'a point encore pris à fon fervice la Dame d'honneur & d'atours, qui s'appelle Mufique. Il n'y en a point dans fon Eglife. Il fe feroit donc condamné lui-même, & tout fon Chapitre d'avoir demeuré jufqu'à préfent dans cét *erreur*. Mais croira-t-on que l'Apologifte du jeune Doyen foit avoüé de lui, pour abjurer cette *erreur* publiquement, pour en faire imprimer fa confeffion, & demander pardon à l'Eglife de Senlis, *du tort qu'il a eu au commencement de fon Decanat*, d'empêcher qu'elle n'introduifît les Inftrumens dans fa Mufique, où il demeure d'accord qu'il n'y en avoit jamais eu. Que s'il étoit permis à fon humilité d'en faire une pénitence fi folennelle, & en termes fi forts ; *par une meure fpeculation*, pour n'être plus Juif, *trop conforme à la Lettre*, mais véritable & parfait Chrétien, *felon l'Efprit qui vivifie* : Peut-on rien dire de plus noble, & de plus faint à la loüange de la Viole & des Inftrumens ? S'il y avoit, dis-je, de l'humilité *à ceder aux fentimens des autres, & ne pas perfeverer dans une opiniatreté blamable*, (voïez, Monfieur, ce que c'eft de refifter aux Mufes, & de ne pas prendre le parti de la Mufique, puifque les Docteurs s'en font un fi gros fcrupule :) falloit-il violer les regles de la charité & de la prudence à reveler les fecrets du Chapitre ; falloit-il fcandalifer les infirmes, en faifant voir au Peuple, que les reglemens de l'Office divin, en certains cas fe font, ou fe défont dans une Cathedrale, felon les préjugez & les paffions, qui s'y rencontrent : qu'un Doyen fe foit oppofé au mélange de la vanité & de la fenfualité des Inftrumens, parmi la fainte mélodie des voix qui chantent les loüanges de Dieu, & que fur fa Remontrance, les Chanoines aïent ordonné le contraire. & qu'enfin ce même Doyen qui ne vouloit pas foufrir même dans les folennitez une Baffe de Violes aux Cantiques le plus joïeux de la Meffe & des Vêpres, ait rencheri du Claveffin, & du Violon aux plus triftes Offices de la Paffion du Sauveur : que tout cela fe foit fait & defait avec tant de legerté dans une Eglife Epifcopal ; mais qu'on le faffe fçavoir au monde, par une Lettre envoiée par honneur à un fi grand nombre d'Evêques, & femée dans le Public : fans mentir, tous ces recits rendent la chofe & le procedé faux & incroïables ; ou fi l'on veut y ajoûter foi, il faudroit croire, ce qui ne fe doit pas, que les perfonnes auroient perdu le bon fens, pour fe diffamer eux-mêmes par la publication de leurs *erreurs*, & de leurs inconftances, dont la Lettre fait un fi beau détail. Mais pour en détourner le *blâme*, c'étoit ici le vrai lieu d'emploïer *ces bonnes raifons par lefquelles ce grand Prélat a fait fi bien connoître que le jeune Doyen avoit eu tort*. Pourquoi n'en pas dire un feul mot ? Pourquoi n'en pas faire honneur à fon Maître, & s'en fervir pour défendre le fien dans cette occafion, où il s'eft crû fi notablement offenfé ? Le feul filence parle

& dépofe vifiblement qu'on n'a point donné de *raifons*, puifqu'on n'en produit aucune, & fi la haute fageffe de ce fçavant Archevêque ne lui per-
mettoit pas de condamner la Mufique des autres Catédrales, elle lui per-
mettoit encore moins de la confeiller, ni de la foufrir aux jours de la pénitence publique des Ténebres, & du plus grand dueil de l'Eglife. Car
encore une fois, voilà dequoi il s'agit, & non pas fi les Inftrumens font
d'un ufage legitime, & d'une religieufe bien-féance en d'autres cérémonies : Vous voïez bien, Monfieur, que ce fait, quand il feroit véritable,
ne prouve & ne décide rien.

S'il abufe ainfi de l'autorité d'un grand Prélat, il ufe encore plus mal
de fa propre raifon. Toutes les créatures, dit-il, ont pleuré en leur maniére à la mort du Sauveur ; dont il ne faut pas trouver à redire que l'on
y faffe auffi pleurer les Inftrumens. Bon Dieu ! que de fanglots & de
foûpirs ! que de larmes répanduës dans l'Eglife de Senlis, fi cette raifon
prouve autant qu'il le croit : car faire pleurer des Inftrumens, c'eft fi je
ne me trompe en metaphores ; s'en fervir pour faire pleurer ceux qui les
entendent. Mais je lui demanderois volontiers, fi les Cloches ne font pas
auffi des Créatures, ou des Inftrumens propres, & pour le moins auffi
confidérables dans l'Eglife que les Violes, les Violons, & les Claveffins?
Cependant l'Eglife même leur défend de pleurer ces jours-là. Je voudrois
qu'il me dit, s'il n'eft pas vrai que l'on fait entendre les Cloches avec leurs
fons lugubres à la mort de Meffieurs les Chanoines & des Fideles, qui
font decedez dans la Communion de l'Eglife : Pourquoi donc en fufpen-
dre l'ufage & ne les pas faire lamenter auffi aux Funérailles de JESUS-
CHRIST qui fe renouvellent dans l'Office des Ténebres ? C'eft une des
raifons que Monfieur Deslyons raporte dans fa Lettre ; il feroit inutile
de l'exagerer davantage. Je n'en fais mention que pour vous faire obfer-
ver, que fon Cenfeur y demeure tout court. Je conviens donc avec lui
que toutes les créatures en leur maniére ont pleuré à la mort de leur
Créateur, parce que l'Ecriture me l'apprend : mais de ce principe j'en
tire une conféquence toute contraire à la fienne. Et je dis, puifqu'on n'a
point vû d'Inftrumens, que l'Ecriture faffe pleurer de cette maniére à la
mort du Sauveur ; il ne faut pas les faire pleurer aux Ténebres, qui font
elles-mêmes des Lamentations, & comme l'Anniverfaire de fes Funérailles:
laquelle de ces deux conféquences, Monfieur, vous femble-t-elle la meilleure ; celle qui eft conforme à l'Ecriture, ou celle qui n'y a point de raport ? Nous découvrira-t-il avec toute fa fuffifance, nous fera-t-il voir
que les Apôtres & les Difciples aïent fait joüer des Inftrumens à la mort
de leur adorable Maître : nous ne voïons pas que Jofeph d'Arimathie &
Nicodeme, Gens de qualité qui fçavoient bien les cérémonies qui fe pra-
tiquoient chez les Juifs, à la mort & au dueil de leurs Proches & de
leurs Amis, aïent appellé à la Sepulture de JESUS-CHRIST des Joüeurs
de Flutes,

de Flutes, qui étoient les Instrumens de ce tems-là, & tels qu'on les voit
emploïez par un Prince de Synagogue à la mort de sa Fille. Enfin, cette
troupe d'hommes & de femmes ; & de condition distinguée qui se trou-
verent aux obseques du Messie, le descendirent de la Croix en lavant son
Corps de leurs larmes. Ils le couvrirent d'aromates & l'embaumerent
avec magnificence, ils l'ensevelirent d'un linceul blanc, qu'on avoit acheté
tout exprès ; & ils firent le reste des honneurs de son enterrement en
plein jour, & avec pleine liberté, sans que l'Evangile, qui en rapporte
ces circonstances, dise un seul mot des Instrumens funebres, que le Rituel des Juifs y emploïoit. Pourquoi donc les emploïer aujourd'hui, par
une pure, fantaisie aux Offices des Ténebres, qui ne font que la represen-
tation de sa Mort & de sa Sepulture.

Si l'on recevoit ainsi toutes les nouveautez qui se présentent à l'imagination des Musiciens ; quand on aura fait pleurer si saintement les
Violes, les Violons, & les Clavessins : Ils s'aviseront d'y ajoûter les Luths
& les Harpes, les Flageolets & les Guitares, les Tuorbes & les Trom-
petes ; ils feroient de tout cela un plus grand dueil, & peut-être insulteroient-
ils à l'Eglise & aux Prêtres qui voudroient s'y opposer. Ils diroient au
sens ironique, dont le jeune Docteur l'a pris, que ce seroit suivre le ton &
la rubrique de nôtre Belethus, pour faire une terrible & horrible Musique,
alta voce, terribili & quasi horribili, par le mélange & le concours, ou pour
mieux dire, dans la discordance de tant d'Instrumens, & de si différentes
espèces. N'en rions point ; je le dis fort sérieusement, On a vû dans les
siécles précédens de plus horribles impertinences à la Fêtes des foux, aux
Solennitez de Noël & de l'Epiphanie. Et ne voit-on pas dans nôtre siécle,
mais spécialement dans les Provinces voisines, ou dépendantes de l'Es-
pagne, les Trompettes, les Tambours & d'autres Instrumens qui ne sont
faits que pour les fanfares du monde, s'introduire & se mêler aux Pro-
cessions du saint Sacrement, aux Actions de graces solennelles, aux grandes Fêtes des Patrons & des Mysteres de l'Eglise. On accoûtume insen-
siblement les Peuples à ces sortes de vanitez, qui dissipent l'esprit de componction & d'oraison ; tandis que les Impies & les Hérétiques s'en mo-
quent, & traitent tout cela de batelages & de puerilitez indignes de la
gravité de la Religion, *viderunt eam hostes, & deriserunt Sabbata ejus.*

Mais le Tambour est un instrument des plus propres à faire pleurer ;
on lui fait dire tout ce que l'on veut : il n'est pas même extraordinaire de
l'entendre aux funerailes des Gens de guerre : on le couvre d'un drap
noir, & on le bat si lentement d'un seul coup, & si sourdement, que les
Maîtres qui prennent le soin de faire lamenter les Instrumens pourroient
dire en termes du métier que ces coups sourds entendus de loin à loin, ressem-
blent à des sanglots qui sortent de la poitrine d'une personne affligée, que
ce sont des plaintes & des gemissemens, poussez en b-mol, entrecoupez

C

Cùm vidisset
Tibicines &
turbam tumul-
tuantē. *Math.*
9. 23.

Tren. 1. 7.

de demi-soupirs; des helas en nature, temperez par les diezes; & qu'autant que cet Inſtrument anime les courages quand on le bat en b-quarré, autant eſt-il capable de faire fondre en larmes quand on le bat en sourdine couvert d'un creſpe. Que vous en ſemble, Monſieur, ne ſerois-ce pas là des Lamentations plus pitoiables que celles de Jeremie, d'entendre un Tambour dans une Egliſe ſoupirer, & gemir, meſlant ſes larmes avec les pleurs de tous les autres Inſtrumens: voila cependant ce qui s'enſuit du raiſonnement de nôtre jeune Docteur, qui penſant dire des merveilles & prouver beaucoup, donne dans des abſurdités qui ne prouvent rien. Mais le ſolide & le ſerieux par où je conclus ce point, c'eſt que le vray eſprit de l'Egliſe & ſa Tradition pour l'Office des Tenebres, ordonne le ſilence aux Inſtrumens domeſtiques qu'elle a benis & dediés au culte divin, comme ſont les Cloches & les Orgues: ſi dis-je, elle les fait taire en ces jours myſterieux & douloureux; à plus forte raiſon, ne veut-elle pas que ſes Miniſtres & ſes Prêtres faſſent parler, ni pleurer d'autres Inſtrumens étrangers & prophanes, qui n'ont eſté faits que pour le monde aux actions mondaines, civiles & militaires.

Il n'eſt pas plus heureux dans les autorités qu'il cite, que dans les raiſons qu'il allegue. Il cite S. Auguſtin, mais d'un ton ſi magnifique & ſi triomphant, que l'envie m'a pris de voir les endroits où il renvoye M. Deſſions; perſuadé ſur ſa promeſſe, que je ne manquerois pas d'y trouver la condamnation dont il foudroïe ſon ancien Maître. Car il l'aſſure d'une maniere ſi hardie, & juſqu'à en faire le défi par trois fois dans la même page, qu'il n'y a perſonne qui ſur ſa parole ne ſoit preſt à fraper des mains.

Page 5.

Me pardonnerez vous, dit-il, *la hardieſſe que je prens, de vous ſuplier encore un coup de conſulter S. Auguſtin?* Non certainement on ne lui pardonnera pas, & on *rougira* pour lui de ne ſçavoir pas même lire, bien loin d'entendre S. Auguſtin. *Je ne veux pas*, dit-il *vous accabler d'un trop grand nombre de citations.* Non certainement il ne le fera point; car il n'en a produit ſeulement une, & l'unité même ne feroit pas un nombre. N'eſt-ce pas Monſieur, comme je viens de vous dire au commencement de ma Lettre, un Diſcours de fanfaron? de ne citer pas un ſeul paſſage, ni un ſeul mot de ce Pere, & de faire en même tems la rodomontade qu'il craint d'en accabler ſon Adverſaire. Peut-on croire que s'il eut rencontré une ligne, ou une periode, ou ſelon ſes propres termes, *quelque choſe de précis*, & favorable à ſon ſujet, il n'en eut pas fait oſtentation, dans la neceſſité, & dans l'ardeur où il étoit de ſe deffendre. C'eſt icy où on le *battra de ſes propres armes.* Car au même endroit qu'il a cité de la deuxiéme Enarration ſur le Pſeaume 21. & qui eſt effectivement un Sermon fait dans les jours de la Paſſion; je ſçais que M. Deſtyons y a remarqué que dés l'Avant-Propos, S. Auguſtin ne parle que de pleurs, & que ne ſe contentant pas d'employer une ſeule diction, il ramaſſe & repete tous les noms & tous les verbes qui peuvent exprimer la tristesse & les larmes, *Passio Domini celebra-tur; tempus est lugendi, tempus flendi, tempus gemendi, & hoc volo gemere vo-biscum.* Voilà qui ne sent guere les Instrumens doux; & le reste de la Pre-face ne parle que d'écrire, s'il pouvoit dans les cœurs les paroles de ce Pseaume, non avec de l'ancre, mais avec des larmes, pour en faire sortir deux fontaines des yeux. Mais le curieux & le delicat de sa remarque est, qu'à la fin de cet Avant-Propos, il paroist que l'on chantoit ce Pseaume de la Passion, & qui se chante encore aujourd'huy dans l'Office de nos Te-nebres; que la coûtume, dis-je, estoit de le chanter d'un ton distingué & plus lugubre. Ecoûtons, dit-il, le Pseaume, entendons comme on le chan-te lamentablement, & avec des voix sanglotantes, *plangendo cantatur.* Mais c'est une chose encore plus deplorable, de ce qu'on le chante à des sourds qui ne le veulent pas entendre. Il marquoit par-là les Heretiques & les faux Chrétiens, ausquels il reproche dans la suite de son Sermon d'être, ou de faire les sourds aux veritez comprises dans cette Ecriture. Nôtre jeu-ne Docteur voudra-t-il luy-même faire le sourd & ne pas entendre par cette observation si juste & si litterale, que Beleth us m'est pas un Docteur si ridicule & outré qu'il le fait, pour avoir dit, que de son tems on chan-toit les Tenebres dans Nôtre-Dame de Paris, *voce elevatâ & terribili*, puisque plus de sept cens ans auparavant, S. Augustin nous fait connoître que ce Pseaume qui est la Prophetie & la description de la Passion de Nô-tre-Seigneur, se chantoit en soûpirs, en sanglots, en se plaignant, en se lamentant & même en se frapant la poitrine, ou quelques autres membres, comme font des personnes affligées: car le terme *plango* signifie tout cela chez les Orateurs & les Poëtes Latins. C'est ainsi qu'on chantoit le Pseau-me 21. *Quod plangendo cantatur.* Que s'il veut faire le sourd à cette remar-que, au moins sera-t-il forcé d'avoüer qu'il a esté aveugle en lisant tout le Sermon, dans lequel il n'y a pas un seul mot de ce qu'il veut nous y faire lire de la joïe des chants & des Instrumens d'une simphonie exterieure, n'y même d'aucune allegresse, & jubilation interieure des Cœurs pour ce-lebrer le Mystere & les jours de la Passion. Toutefois j'oublie le mot d'*Alleluya* que j'y ay lû sur le verset 23. Il ne faut pas le derober au jeu-ne Docteur, & je luy en fais la restitution. S. Augustin l'emploïe contre les Donatistes, qui vouloient que l'Eglise Catolique ne fut restée que dans un Canton de la Terre, & dans l'Afrique, & dans le seul party de Do-nat, comme nos Huguenots vouloient que la vraie Religion ne fut qu'en celuy de Calvin. Non, dit ce Pere, il n'en est pas ainsi, & c'est au mi-lieu de l'Eglise & de l'Assemblée des Peuples qu'en ces jours-cy nous chantons par toute la Terre *Amen & Alleluya.* Nous disons durant les Offices de ces trois jours, *Amen,* pour que le mystere de la mort du Sei-gneur opere & s'accomplisse en nous; Ainsi fait-il. Et nous disons, loüé soit Dieu, chantans l'*Alleluya* dés la Messe du Samedy saint: pour prevenir le My-

Right margin:

Audiamus Psal-mum, audia-mus quod plan-gendo canta-tur. Et verè di-gna res plancta, quando cātatur surdis. *Augusti. Præfat. in 2. Exposit. Psalm. 21.*

Voïez le Dictio-naire de Mr. Danet.

Videamus, fra-tres mei, si his diebus, per to-tum orbem terrarum, sine causâ dicitur, *Amen & Al-leluya.*

ſtere de ſa Reſurrection, & qui doit operer dans nos Ames la grace & les œuvres d'une vie toute celeſte & divine. L'*Amen* doit être triſte par raport à la Paſſion, l'*Alleluya*, joïeux par raport à la Reſurrection. Mais enfin, ſaint Auguſtin, dit-il, en cét endroit, *& en termes formels*, que ſi nous devons être dans la triſteſſe ; nous devons auſſi nous réjoüir d'une joie paiſible & ſainte en ces tems.

Peut-être croira-t-il reparer ſa perte par l'autre citation qu'il allégue encore de ſaint Auguſtin dans l'expoſition du Symbole aux Catécumenes. Faiſons ſur cela nos Obſervations, & s'il n'eſt pas capable d'en profiter, au moins le Public ſera deſabuſé de cette luiſante impoſture.

Primo. Il y a toute apparence qu'il n'a jamais lû ſaint Auguſtin, touchant ce qui regarde les Catéchéſes & les Traitez qu'il a faits ou prêchez aux Neophites qu'il inſtruiſoit pour le Bâtême. Il en a écrit une partie & prêché l'autre. Et c'eſt parler incongruëment parmi les Doctes, de citer ſaint Auguſtin *ſur ſon Symbole aux Catécumenes.* Cette expreſſion indefinie, ſuppoſe qu'il n'en a fait qu'une ſeule expoſition, & il eſt conſtant qu'il en a fait pluſieurs, auſquelles on a donné divers titres, de Livres, d'Homilies & de Sermons. Un Docteur donc, qui connoîtroit ſaint Auguſtin, l'auroit diſtingué, & ne diroit pas à un autre Docteur, ſi *vous aviez lû attentivement ſon Symbole aux Catécumenes* ; mais il diroit, ſi vous aviez lû un tel Livre, une telle Homilie ou un tel Sermon. C'eſt donc parler en l'air de citer le Symbole de ſaint Auguſtin aux Catécumenes. Ce n'eſt pas ſe montrer à l'ennemi pour ſe défendre ; c'eſt s'enfuir & ſe cacher dans une Forêt de pluſieurs tomes d'un grand Auteur, dont on veut faire valoir le nom, ſans ſçavoir, ni avoir rien à produire de ſa Doctrine.

Page 5. de la Lettre.

Secundo. Il falloit montrer le lieu où il a parlé de ce qui eſt en diſpute, en rapporter le texte, le donner à l'examen & à la cenſure des Contradicteurs. Mais de leur dire, ſaint Auguſtin vous dira cela en termes formels, & ne leur en rien dire du tout, & ne pas même côter les lieux ; cela s'apelle tirer ſon coup par deſſus l'épaule, & ſe ſauver par la fuite.

Tertio. Comme les Lecteurs de la Réponſe à Monſieur Deſlyons mouroient d'envie de le voir *accablé d'un ſi grand nombre de citations, & convaincu par d'auſſi ſolides raiſons, & par des autoritez ſi preſſantes*, dont on ne voïoit rien dans l'Imprimé ; chacun a cherché ce Symbole. Les Gens de Lettres qui ne ſont pas accoûtumez à la Critique, n'avoient garde de le rencontrer ſous ce titre vague & indeterminé. Il y en a donc quatre Livres ou Traitez qui ſe ſuivent vers la fin du neuviéme Tome. Je me ſuis donné la peine de les parcourir ; & je proteſte de n'y avoir pas lû une ſeule periode qui revienne au ſujet, ſçavoir que l'Egliſe ou les Fideles doivent être dans la joie aux jours de la Paſſion. Il eſt vrai que ſur l'article du *Crucifixus*, le ſaint Docteur enſeigne aux Chrétiens, que ce n'eſt plus un

opprobre & une honte de croire en JESUS-CHRIST crucifié, que sa
Croix est son triomphe ou sa victoire, par laquelle il a vaincu pour nous
le diable & la mort ; qu'elle doit être aussi nôtre gloire & nôtre esperance,
comme elle est l'étendart & les armes mêmes de nôtre milice. Enfin, de
semblables éloges, qui exaltent la Croix & le Crucifié, mais qui ne disent
rien du tout pour l'Office & les Ceremonies des jours de sa mort. J'y
trouve même un endroit qui favorise Monsieur Deslyons. C'est au qua-
triéme Traité, & dans les Antitefes que l'on y voit des circonstances de sa
Mort & de sa Resurrection ; lors, dit-il, qu'il est en Croix, les Disci- «
ples sont dispersez en tristesse & en douleur ; mais lorsqu'il ressuscite du «
Sepulcre, ils se remettent ensemble dans une même Maison tous pleins «
de joie ; lorsqu'il est sur la Croix, les Disciples perdent la foi & l'unité, «
ou l'union de l'Eglise se perd ; mais lorsqu'il renaît de son Tombeau, l'E- «
glise se rassemble, & se réunit. La crainte de sa Croix & de sa Mort, «
oblige Pierre le Chef de son Eglise à le renier ; mais lorsqu'il revient du «
Sepulcre, tout le monde & toute l'Eglise revient, & croit en lui par amour. «
 Nous avons donc cette obligation au jeune Docteur, qu'en nous for-
çant par ses insultes réiterez à lire ce qu'il apelle avec incongruité le Symbole de saint Augustin ; nous y trouvons avec de justes convenances, la
difference des états & des ceremonies, que l'Eglise doit observer, du
dueil & de tristesse dans la Semaine-sainte, pour le Mystere de sa Mort ;
mais de joie & de triomphe aux jours de Pâques, pour le Mystere de sa
Resurrection.
 Quarto. J'ai passé plus outre aux Homilies & aux Sermons qui expli-
quent le Symbole : d'autres que moi l'ont encore fait, & personne n'y a
trouvé ce qui n'y pouvoit pas être. Car à quel propos le saint Docteur
auroit-il parlé de Musique & d'Instrumens à des Catécumenes ? Enfin,
après avoir parcouru les veritables Indices, on a eu recours aux Appen-
dices, dont on a farci le dixiéme Tome de saint Augustin, par quantité
de Sermons d'Auteurs incertains & inconnus : Si ce n'est que depuis un
siécle, les Sçavans se sont appliquez à en faire la Genealogie & le discer-
nement. Celui-ci qui s'est élevé contre nous, n'est pas encore assez avancé dans ce genre d'étude, & s'il reproche aux Rubriquaires d'être igno-
rans de la belle & vraie Theologie, les Rubriquaires auront plus de justice à lui reprocher son insuffisance pour la belle & la vraie Critique.
 Cependant, c'est une affaire de consequence pour Monsieur Deslyons,
d'être éclairci des sentimens du veritable saint Augustin. Car on lui pro-
met, & on espere par-là sa conversion, & qu'il changera de sentimens :
Qu'il apprendra bien des choses contraires à ce qu'il a avancé, qu'il verra « Page 5. de
consequemment que les Rubriquaires qu'il allegue se trompent, & que « la Réponse.
les Neophites de ce tems-là étoient mieux instruits dans nos Mysteres, «
que ces demi-sçavans d'aujourd'hui, sur l'autorité desquels il se fonde. «

C iij

Sans mentir, s'il y eut jamais coq-à-l'âne & galimatias c'est ici : je defie tout le sens commun d'y trouver ou d'y mettre l'ordre. A qui en veut-il ? à Monsieur Deslyons. Et sur quoi ? sur ce qu'il a donné le charitable avis de ne pas introduire la nouveauté d'une Simphonie d'Instrumens dans l'Office des Ténebres, qui est un Office lugubre de la Mort & des Funerailles du Sauveur. Que replique-t-on, dequoi se défend-t-on là-dessus ? On dit que saint Augustin est d'avis contraire. Quoi donc de plus naturel & raisonnable que de le produire, ainsi qu'il l'avance ; ou du moins d'indiquer le lieu des œuvres de ce Pere, où l'on verroit ce qu'il en pense. C'est ce qu'on ne fait point, & on se contente de remplir une demie page de grands mots de Symbole, de Catécumenes, de Neophites : comme s'il s'agissoit d'un point de la profession de foi que l'on fait au Bâtême ; & qu'il n'y eut qu'à dauber les pauvres Rubriquaires pour relever la gloire & la science de ce jeune Docteur, qui veut lui-même faire une nouvelle Rubrique, & chanter sur la Viole un espece de *Magnificat* aux Matines des Ténebres.

Peut-être a-t-il eu en vûë le Sermon CLXXXI. de *Tempore*, qui se trouve au dixiéme Tome, & qui est effectivement intitulé *de Expositione Symboli*. Si c'est cela qu'il nous veut dire & qu'il nous cache, je lui ferai bien voir qu'il n'y a rien à gagner pour lui, en faveur de la joie & de la devotion mélodieuse, dont il prétend égaïer ce triste Office. Saint Augustin, dit-il, vous dira en termes formels, que si nous devons être dans la tristesse, nous devons aussi nous réjouir d'une joie paisible & sainte en ce tems-là. Et moi, Monsieur, je soutiens que le texte ne dit point cela *formellement*. Le voici ; *Hinc est carissimi, quod crucem mortemque ejus non suspiriis ingemiscimus, sed continuis celebramus laudibus.* J'atteste tous ceux qui entendent le Latin, si ce sont-là des termes qui repondent au sens de ce jeune Docteur ; qui est, qu'on puisse véritablement s'atrister & pleurer aux Offices de la Mort & Passion de JESUS-CHRIST, mais aussi quel'on puisse en même-tems les solenniser par la Musique, & par des jubilations harmonieuses. Son prétendu saint Augustin dit formellement le contraire que nous ne regardons point la Croix sur laquelle il est mort, comme un objet de tristesse & d'horreur, qui nous fasse pleurer, *non suspiriis ingemiscimus* ; mais que nous chantons continuellement ses loüanges dans les Offices que l'Eglise fait en son honneur, comme ainsi eté de principal Instrument de nôtre Redemption, *continuis celebramus laudibus*. Enfin, il ne s'agit pas en ce lieu-là de la Mort & Passion du Seigneur sur la Croix comme aux jours de la Semaine-Sainte : Mais il s'agit de la Croix même de sa Vertu, des Mysteres qu'elle renferme, & des miracles qu'elle fait. Si vous voulez, Monsieur, vous en donner le plaisir, vous trouverez ce passage vers le milieu de ce grand Sermon, où l'article du Symbole, *crucifixus*, est expliqué. L'Orateur y fait un fort beau Discours & un Eloge

Page 5. de
la Réponse.

Serm. 181. de
Tempore.

magnifique des raiſons myſterieuſes, Pourquoi nôtre Seigneur J e s u s-
C h r i s t a choiſi ce genre de ſuplice, par lequel il a voulu expier le
peché, & accomplir la Redemption des hommes. D'où il conclut, qu'au
lieu que la Croix étoit auparavant le ſuplice le plus ignominieux & le plus
infame du monde : il eſt preſentement le trophée & le triomphe de la Religion Chrétienne, qui pour cette raiſon honore extraordinairement la
ſainte Croix dans les Offices qu'en fait l'Egliſe. Auſſi ai-je obſervé que
ce même Sermon de l'Expoſition du Symbole eſt marqué pour la veille de
la Pentecôte, c'eſt à dire, juſtement au fort & dans la plenitude du tems
Paſcal, où le Breviaire & les Offices Canoniques retentiſſent par tout
de la memoire & des loüanges de la Croix. Les Eccleſiaſtiques s'en aper-
çoivent particuliérement aux Fêtes, aux Hymnes, aux Antiennes, aux
Pſeaumes, Stations & Proceſſions que l'on chante & que l'on fait en ſon
honneur, *continuis celebramus laudibus* : Or ſi cela ſe peut dire dans toute
l'année, c'eſt ce qni ſe pratique ſinguliérement aux cérémonies & aux
jours de la joie & du tems Paſcal, *in hoc Paſcali gaudio.* Quelle compa-
raiſon & quel raport y a-t-il de ce tems-là, avec le Mercredi & le Vendredi-Saint.

Quoiqu'il en ſoit, l'Apologiſte qui fait tant le glorieux contre les
Rubriquaires, qu'il traite de Demi-Sçavans ; merite bien en cet endroit, d'avoir pour ſa penitence, la confuſion de n'être lui-même qu'un
Demi-Sçavant, s'il a pris & cité ce Sermon comme de ſaint Auguſtin.
Les Docteurs de Louvain l'ont rejetté de leur Edition : & je ſuis perſuadé
que ſans le critiquer en forme, un vrai Sçavant n'a qu'à le flairer pour
ſentir qu'il n'a point la gravité, la ſimplicité & la brieveté des Catecheſes
que ſaint Auguſtin ſembloit faire preſque ſur le champ, dans la cérémonie des Bâtêmes ſolennels : au lieu que ce Sermon ici eſt tres-long, fort
periodique & éloquent ; tiſſu & brodé de beaucoup de paſſages des anciens
Peres, de ſaint Cyprien, du Pape ſaint Grégoire, du vénérable Bede, &
plus particuliérement de Ruffin Prêtre d'Aquilée, ce bel eſprit, ſi grand
ami & ſi grand ennemi de ſaint Jérôme. Car c'eſt lui qui eſt le vrai Auteur de l'Expoſition du Symbole, que l'on voit communément parmi les
Oeuvres de ſaint Cyprien, & c'eſt de ſon Traité que ce Sermoneur inconnu
a pris les plus belles penſées & les paroles mêmes qu'il a fait entrer dans
ſon Eloge de la Croix, qu'il faut bien diſtinguer de la Paſſion & du Crucifiement. On doit donc celebrer le Crucifiement avec des larmes ; mais
on peut loüer & honorer le triomphe de la Croix avec une ſainte joie,
& par des chants d'allegreſſe. Il eſt de la Sageſſe de l'Egliſe de faire ce
diſcernement dans ſes Offices. Mais enfin tous ceux qui ont cherché
cette Expoſition du Symbole, où l'on nous renvoie à perte de vûë, ne
l'ont point trouvée : & ſi l'on prétend que c'eſt le Sermon 181. ni il n'eſt
pas de ſaint Auguſtin, ni le paſſage même ne parle point de l'Office de

la Paſſion & du Crucifiement de JESUS-CHRIST mourant ſur la Croix; mais il ne veut parler que des loüanges & du triomphe de la Croix, par laquelle il a racheté le genre humain de la mort & des demons ; à quoi l'Egliſe s'aplique particulierement dans les Offices de la Reſurrection, & du tems Paſcal, *continuis celebramus laudibus.*

Voilà bien du diſcours contre ſi peu de choſe. Mais on a fait valoir, & fait paſſer ce peu pour ſi grand' choſe, & avec tant d'enflure, qu'on ne peut pas ne point s'enfler ſoi-même d'une juſte indignation, contre cét homme, quel qu'il ſoit ; lequel a oſé jetter ainſi de la poudre aux yeux du Public, voulant lui faire croire que ſaint Auguſtin, l'Aigle des Docteurs auroit aprouvé, ou donné dans ſes Ecrits dequoi aprouver le concours & les concerts d'une Muſique d'agrémens, dans la célébration des plus triſtes Myſteres. Et cependant ne rien produire que du vent, & des pailles dans les endroits viſibles & inviſibles qu'il a voulu citer de ce grand Maître, qui de ſon tems ne voïoit encore rien de ſemblable dans l'Egliſe de Dieu, & par conſequent n'avoit garde d'en rien dire dans ſes Sermons.

Avoüons, Monſieur, qu'au lieu de Simphonie, il y a bien de la caco-phonie dans cét écrit prétendu Doctoral, & l'on n'y voit de tous côtez que de mauvais accords. J'ai oüi dire autrefois à un Maître de Muſique que dans le Contrepoint figuré, les Diſſonances ſont ſauvées par les Conſo-nances, ſoit en les liant enſemble, ſoit par la diſpoſiton & le rang qu'on leur donne ; mais dans cette piece je ne vois que trois mauvaiſes raiſons qui compoſent un triton diſcordant, ſans que l'un puiſſe ſervir à faire paſ-ſer les autres, tant la relation en eſt fauſſe.

Saint Cyprien n'eſt pas moins pitoïablement critiqué, que ſaint Auguſ-tin ſe trouve fauſſement allegué. Le jeune Docteur fait ici le jeune Avo-cat, lequel ſe trouvant chargé d'une méchante cauſe, & ne pouvant ré-pondre aux moïens de la partie adverſe, met toute ſon aplication à les élu-der par de frivoles incidens. On eſt fort aſſuré que du tems de ce Pere, le Clergé ne penſoit guére à faire venir le Peuple au Service divin ni à l'y divertir par des Muſiques compoſées, puiſqu'alors les Chrétiens n'avoient point de Temples ouverts, & qu'à peine oſoient-ils s'aſſembler librement dans des Grotes. Ainſi, Monſieur Deſlyons n'aura pas cité ſaint Cy-prien pour condamner la Muſique de l'Egliſe, & bannir les Inſtrumens de l'Office des Ténebres, qui aparemment n'étoit pas encore ni compoſé ni chanté dans la Semaine-Sainte : C'eſt là dequoi il s'agiſſoit entre ces deux Doyens. L'ancien donc ne peut avoir produit ce texte, que pour dire en general que la Muſique eſt un inſtrument de tentation, dont le demon ſe ſert, en faiſant couler par les oreilles & par l'oüie, une douce ſenſualité plus capable d'amortir & amolir la devotion du Chrétien, que de la ren-forcer & la mettre en ferveur ; *ut ſolvat & molliat Chriſtianum vigorem.* Or pour ne dire que cela, qu'importe que ce ſoit un Pere du troiſieme ſiécle,

fiécle, tel qu'étoit faint Cyprien, ou du neuviéme, tel qu'a été Amalarius
Fortunatus, qui a lui-même cité faint Cyprien : Car en effet c'eſt lui que
Monſieur Deſlyons cite en marge pour ſon Auteur ; & qui ſelon la commune opinion étoit Archevêque de Tréves. Rencontre aſſez heureuſe,
& à propos pour rabatre le préjugé que le jeune Doyen fait tant valoir,
d'avoir été *détrompé* par un grand Archevêque de l'Egliſe Gallicane de
l'*erreur* où il étoit, qu'on ne devoit pas admettre les Inſtrumens dans la
célébration des divins Offices. Voïons pourtant les grands efforts, & le
petit ſuccez de ſa Critique.

Page 2 de la Reponſe.

Primo. Il accuſe ſon Docteur d'avoir cité ce paſſage ſur l'autorité d'un
Ecrivain moderne; lors qu'on lui dit que c'eſt un Pere du 9. Siecle. Moderne en bon François, ſe dit des Auteurs & des Ouvriers de nos jours,
où tout au plus du ſiecle courant, & il devoit ſçavoir, où bien le refuter,
qu'Amalarius a plus de neuf cens ans ſur la teſte.

Page

Secundo. Il dit qu'avant d'alleguer ce texte, il falloit s'inſtruire & voir ſi
cét endroit eſt, où n'eſt pas de S. Cyprien : Mais ſans mentir, ce ſeroit un
étrange impôt ſur les Lettres & les Billets, tel qu'étoit celuy-cy écrit
à un Confrere; c'eſt un Impromptu, dicté même ſans l'avoir projetté par
un broüillon; faut-il remuer ſa Biblioteque & ſes Livres pour examiner
ſi trois mots de latin qu'on cite, ſont veritablement d'un tel Auteur; Et
puis encore un coup, ce n'eſt pas le vieux Docteur auquel il falloit inten-
ter procez pour avoir mal cité, c'eſt plûtôt le jeune qui doit prendre l'A-
malarius à partie, & s'inſcrire en faux contre luy.

Tertio. Il reproche à ſon Ancien Maître de n'avoir pas le diſcernement
du ſtile des SS. Peres, & que ce paſſage n'a point le caractere de S. Cyprien:
Mais il faut que lui-même ait le goût & l'odorat bien ſtupides ſur la va-
rieté des ſtiles, pour ne pas ſentir que cette phraſe n'a rien, ni pour les
mots, ni pour le ſens qui ne convienne au genie de ce Pere, & il falloit
montrer en quoi il y repugne: ce n'eſt ni un Apophtegme, ni une Enig-
me, de dire que la Muſique tente & amolit l'homme interieur par le
charme des oreilles. Cela ſe peut dire par le plus commun Ecrivain, &
ne peut pas ſignaler S. Cyprien, pour le faire diſtinguer de quelqu'Auteur
que ce ſoit.

Quarto. Il fait icy le grand Maître, pour avertir le ſien, de ne jamais
s'en fier à des Copiſtes : & comment eſt-ce que nous conſerverions les
Traditions de l'Egliſe, ſi elles ne venoient juſqu'à nous par des Copiſtes,
qui les ont dépoſées les premiers dans leurs écrits, & que leurs ſuivans
copient les uns aprés les autres. En un mot, chaque ſiecle copie celuy qui
l'a précedé, & c'eſt ce qui fait la Tradition. Renvoïons le donc à ſaint
Auguſtin, & il y trouvera plus certainement, que ce qu'il nous y a fait
chercher ſi vainement dans ſes Expoſitions du Symbole & des Pſeaumes:
il y trouvera, dis-je, que dans ſes plus difficiles Controverſes du peché

Liber 1. contra Iul. c. 52.

D

originel & de la grace, il s'en eſt fié aux Copiſtes qui avoient tranſcrit les paſſages de Cyprien & d'Hilaire, d'Ambroiſe & de Gregoire, de Baſile & de Chriſoſtome qui avoient écrit devant luy ſur la même matiere. Il en raporte les textes mot à mot comme il les trouve, & c'eſt ainſi qu'il ſe pratique dans l'Egliſe & dans l'Ecole ſur les matiéres differentes dont on diſpute. Chacun copie les Auteurs qui en ont écrit. Monſieur Deslyons n'a fait que dire un mot d'Amalarius qui faiſoit à ſon ſujet : . Mais Amalarius l'a copié de ſaint Cyprien. On pretend qu'il n'en eſt pas, c'eſt donc Amalarius qui l'a cité à faux : & la deſſus on inſulte au Doyen de Senlis de s'en être fié à ce mauvais Copiſte.

Egregiam vero laudem & ſpolia ampla.

Car on n'y gagne rien, & ſi ce paſſage eſt d'un autre Pere, comme l'on pretend; c'eſt encore un témoin & une autorité contre la Muſique des Tenebres, qui en parle comme d'une tentation, plus propre à diſtraire & à éteindre la devotion du Chrêtien, qu'à l'exciter & à la fortifier, *ut per canoram muſicam ſolvat & molliat Chriſtianum vigorem.*

Page 6. de la Reponſe.

„ *Quinto.* Voicy le fin, & j'oſe dire avec ſa permiſſion, le ridicule de ſa „ Critique. Il avance fierement qu'il a découvert, & qu'il ſçait l'Auteur ori „ ginal d'où ce paſſage eſt pris; qu'il en cache le nom, ne voulant pas l'in „ diquer pour le preſent, & pour des raiſons dont il ne veut pas s'expli quer. Cét homme ſans doute eſt un Rhetoricien extraordinaire, autant qu'il eſt Theologien & Juriſconſulte, & c'eſt vraiement une nouvelle fi gure de Rhetorique, de ſuprimer dans un plaidoyer, ce qui fait le plus pour la défenſe d'une cauſe, comme ſont les preuves litterales, & les opi nions des Auteurs qui ont écrit ſur la matiere : Mais en fait de Contro verſe, qui eſt une eſpece d'Information contre l'erreur, & pour la veri té; ſi l'on produit quelqu'Auteur incommode & contraire à la bonne cau ſe, le procedé raiſonnable & ordinaire eſt, ou de recuſer le Témoin, ou de contredire ſa dépoſition, ou de la tirer à nôtre profit par quelque interpretation favorable. Que fait donc icy le Critique qui eſt propre ment la partie adverſe? Il recuſe d'abord le Témoin, & il dit que ce n'eſt pas Cyprien qui a depoſé. Et qui donc? C'en eſt un autre. Produiſez-le donc; car un Témoin pour valoir quelque choſe en Juſtice, doit compa roître, dire ſon nom, ſon âge, ſes qualités. Le Critique s'excuſe, & qu'il „ a ſes raiſons de ne le pas indiquer, & d'en cacher le nom; que neanmoins il „ veut bien raporter ſon témoignage, & il proteſte que ſi M. Deſlyons avoit „ conſulté l'Original d'où ce paſſage eſt pris, il verroit bien qu'il s'eſt trom „ pé, & qu'il ne fait rien pour luy.

Ne croiroit-on pas à l'entendre parler de la ſorte, qu'il va produire un texte tout different de celuy qu'on lui avoit objecté? cependant il ne fait que repeter tout le même paſſage, & je vous conjure, Monſieur, de vous en donner le plaiſir à vous-même. Vous trouverez que ce ſont les mêmes

termes & le même fens, à la reſerve de deux ou trois voïelles & conſon-
nes, qui ne changent point la ſubſtance, & que même on peut prendre
pour des fautes d'Imprimeur, ou pour ce que les bons Critiques apellent
varia lectiones. C'eſt-là ce que j'appelle le ridicule de ſa Critique, de dire à
M. Deſlyons, ce texte n'eſt pas de l'Auteur que vous citez, *& j'en ſçai
l'Original. Je vous combatray de vos propres armes :* Car Monſieur Deſlyons   Page 6.
luy repliquera, à la bonne heure ; je l'emploïe contre vous. Car vous le
raportez de vôtre Original en mêmes termes que je vous l'ay produit de
mon Auteur. Il eſt donc convaincu qu'en raportant les mêmes paroles
comme d'un autre Pere, que celuy du 9. ſiecle cité par Monſieur Deſlyons,
c'eſt produire un ſecond témoin contre lui-même, & que bien loin de rui-
ner ce paſſage allegué de Saint Cyprien, il le confirme par le témoignage
d'un autre Pere qu'il ne veut pas nommer.

Que lui reſte-t-il à dire pour ſe tirer de l'embaras de cette *petite Critique*   Pag. 6. lig. 19.
comme il l'appelle lui-même. Il eſt vray, dira-t-il, que c'eſt la même
Sentence, mais d'un autre Pere que de S. Ciprien. Et celuy d'où je l'ay
tirée, ne l'a prononcé que contre la Muſique profane des ſpectacles, &
non point contre la Muſique ſainte de nos Egliſes, & l'on m'en doit croire
ſur ma parole. Mais le bon ſens luy repliquera toûjours „que dans une
information, les parties n'en ſont point crûs à leur parole, ils doivent
faire entendre leurs témoins. Et ne dit-il pas lui-même en cet endroit,
que M. Deſlyons ne ſe feroit pas ébloüi de ce beau paſſage, s'il avoit
examiné dans l'Original ce qui le precede, & ce qui le ſuit. Il devoit donc
marquer ſon Auteur, le nommer, & deſigner le lieu où il l'a découvert,
afin qu'on l'y pût examiner : quoi qu'à vrai dire, ni le vieux Doyen, ni
les Chanoines qui s'oppoſoient à la nouveauté, ni le public qui s'eſt inte-
reſſé par pieté, ou par curioſité dans la querelle, ne croiront pas facilement que l'Auteur de la Lettre contre M. Deſlyons eut pû ſe reſoudre à
perdre ſi gratuitement l'avantage qu'il penſe avoir de la découverte de ſon
Original, s'il y eut rencontré la déciſion du Problême ; ſçavoir s'il eſt à
propos d'introduire une Muſique d'Inſtrumens à l'Office des Tenebres,
& dans une Egliſe Catédrale, où il n'y en avoit point eu juſqu'à lors. Car
ce qu'il dit des deux Muſiques, de la prophane & de la ſainte, n'eſt qu'un
diſtinguo d'échapatoire, qui ne contenteroit pas le monde tant ſoit peu ſpi-
rituel, qui voit qu'aujourd'hui la Muſique, les Muſiciens & les Inſtrumens qui ſervent aux *Opera* des Theatres, ſont tous les mêmes, imitez,
copiez, gagez, payez, emploïez aux Concerts, aux Fêtes & aux Cérémonies des Egliſes ; où les démons ne manquent pas de faire leurs rendez-
vous, & leurs métiers de tentateurs, & peut-être avec plus d'aſſiduité
& de violence qu'à la Comedie. Car comme ils n'ignorent pas que toute
la force des Fideles vient du ſecours de la Grace, & que la Grace s'ob-
tient plus efficacement par la priére, & que l'Egliſe eſt le lieu & la maiſon

de la priére ; ils y viennent volontiers pour femer leurs fcandales, & détourner les graces. C'eft prefque toûjours une Mufique prophane, qui rend la tentation plus vive , & plus en état de devenir criminelle dans le lieu faint ; lorfqu'il la font fervir à l'oifiveté des fens, & aux diftractions de l'efprit d'Oraifon, *ut folvant & molliant Chriftianum vigorem.*

Nôtre homme fentoit bien que ce paffage l'incommodoit, & qu'il ne s'en pouvoit tirer que par la diftinction de la Mufique d'Eglife, & de celle du theatre. L'autorité de faint Cyprien lui pefoit d'autant plus que n'y aïant pas encore de fon tems aucun ufage de la Mufique dans l'Eglife, ce Pere néanmoins la regardoit en elle-même comme un Inftrument naturel de tentation, & une amorce de peché, en quelque lieu qu'elle fervît à la vanité des hommes. Et pour la purger de cét opprobre qu'un tel Saint & un Martyr fi qualifié lui attribuë, on a été ravi de pouvoir dire abfolument que ce texte n'eft pas de lui. Mais voici, Monfieur, un terrible revers qui m'arrête tout court, & j'effacerois volontiers ce que je viens d'écrire, fi ce que je viens d'apprendre eft veritable ; fçavoir que Monfieur Deflyons a trouvé heureufement le paffage qu'Amalarius a cité comme de faint Cyprien, & que le jeune Docteur foutient avec tant d'audace

Page 6. de la Réponfe.

n'en être pas : mais remarquez, il le foutient à un homme qu'il loüe pourtant d'avoir une longue experience, & une profonde intelligence à difcerner le ftile & les ouvrages particuliers des faints Peres. Peut-être ne l'a-t-il dit que par ironie, afin de s'en faire plus d'honneur dans la Cenfure qu'il lui preparoit fur ce point de Critique, où il lui reproche vivement que fa fuffifance a échoüé. Cependant on ne lui en donnera pas le démenti ; mais on lui fera connoître la verité, & qu'il doit traiter les Doctrines & les Perfonnes Ecclefiaftiques avec plus d'humilité, & de modeftie qu'il ne l'a fait en ce rencontre. J'ai donc fçû d'un ami qui a vû Monfieur Deflyons en paffant par Senlis, qu'il lui a montré ce paffage dans faint Cyprien, & en mêmes termes que le Pere du neuviéme fiécle l'a cité, fi ce n'eft qu'au lieu de *canoram Muficam,* Amalarius a mis *canora Mufica ;*

Voïez l'Edition de Rigault en 1666.

comme le Docte Monfieur Rigault marque dans fes Notes, qu'on le trouve en quelques manufcrits. Or cette variation ne change point le fens : & au contraire Monfieur Deflyons la prend à fon avantage, non pas fimplement contre la Mufique des voix, *canoram Muficam,* mais contre les Inftrumens muficaux, que l'on mêle dans la Mufique, & que l'on fait chanter en leurs manieres avec les Muficiens, *canora Mufica.*

Quoiqu'il en foit, voilà le paffage trouvé, & le Cenfeur mortifié, à qui l'on peut repeter de meilleure grace qu'il ne l'a dit plufieurs fois dans fa Lettre, à nôtre vénérable Maître, *lifez, lifez & inftrifez-vous par vous même.* Il trouvera ce texte dans la premiere Edition de Paris en 1564.

Studio Simonis Goulartii Sylvanectenfis ;

& fur laquelle on voit des notes d'un Simon Goulart natif de Senlis, dont la memoire feroit plus d'honneur à fa Patrie s'il n'avoit pas confacré fes études & fa fcience aux demons de l'héréfie Calviniene. Il le trouvera auffi dans la derniere Edition, qui eft encore de Paris plus exacte & plus ample en 1666. Il ne poura pas dire qu'on a mêlé parmi les Oeuvres de ce Pere plufieurs traitez que les vrais Sçavans avoüent n'être pas de fa compofition, & qui font prefque la moitié de fon Volume. Le Traité de *Zelo & Livore* eft conftamment de lui, & nous en avons pour gafants les deux plus grands Docteurs de l'Eglife Latine. Saint Jérôme le cite dans fon Commentaire fur l'Epitre aux Galates avec l'Eloge qu'il lui donne d'être un bon & tres-excellent Livre, *Scripfit & Beatus Cyprianus Librum de Zelo & Livore valdè optimum.*

Saint Auguftin femble rencherir en difant que cét ouvrage lui paroît comme infpiré de Dieu, pour enfeigner aux Chrétiens de grandes veritez & des rémedes de falut contre le peché capital de l'Envie : *Sufficit nobis ipfe Cyprianus per quem tàm multa de Zelo & Livore Dominus veriffima intonuit, & falubria præcepit.* Peut-on voir un Auteur mieux verifié & fon autôrité mieux établie ? Or c'eft juftement à l'entrée de ce Traité, qu'on trouve ce paflage, dont l'Adverfaire s'eft fait un point d'honneur, & un effort de fon mauvais zéle, à nier qu'il fut de faint Cyprien. C'eft-là qu'il verra que Cyprien, qui avoit été grand Retheur, avant que d'être fi grand Evêque & Martyr, décrit avec fon éloquence ordinaire les tentations que le demon nous livre au dehors par les fens & les membres du Corps, afin de penetrer & faire paffer le peché jufqu'au dedans de l'Ame, *Offert oculis formas illices & faciles voluptates, ut vifu deftruat caftitatem. Aures per canoram Muficam tentat, ut foni dulcioris auditu folvat & molliat Chriftianum vigorem.* Voilà le pur texte du véritable faint Cyprien. Permis néanmoins au jeune Docteur de le confronter avec ce rare Original, dont il fe vante, comme d'un tréfor qu'il tient caché, & lequel il eftime être l'Auteur de ce paffage. Qu'il boive donc le Calice de fa préfomption, & de la honte qu'il doit avoir de n'être ni fincere ni heureux dans fes allegations. Il cite faint Auguftin, & on ne le trouve point aux lieux qu'il a marquez. Il recufe faint Cyprien, & il le renie pour Auteur ; mais on lui fait voir que c'eft lui-même à l'endroit où il le dit qu'il ne l'eft pas, il foûtient que c'en eft un autre qu'il ne veut pas nommer ; & le myftere qu'il nous fait de fon erreur, ne lui fert de rien pour en éviter la Cenfure.

Voïons maintenent s'il a été plus jufte à parler des Ecrivains Eccle-fiaftiques qui ont traité des Offices divins. Il fent bien qu'il ne lui font point favorables, & fans vouloir les confulter, il les écarte d'abord, ou il les met en fuite par une décharge d'injures. "Ce ne font que des Igno-rans, leurs écrits que des rapfodies, gens qui raifonnent des Myfteres de la Religion comme des aveugles, qu'ils en font moins inftruits que les Catécumenes des premiers fiecles, qu'au plus & à préfent, ce ne font que des demi-fçavans qui n'ont aucune connoiffance dans la belle & vraie

qui fe peftilen-tiffimum ubiq; prodit hæreti-cum. *L'Abb. de Script. Ec-clef. Tom.* 1. *page* 238.

Tom. 7. *lib.* 4. *contr. Donatift. cap.* 8.

Editio Parif. 1666.

" *Page* 4. & " 5. de la Ré-" ponfe. "

D iij

„ Theologie : comme fi la belle & vraie Theologie apprenoit qu'il eſt de
l'Eſprit de l'Egliſe de celebrer l'Office des Tenebres au ſon des Voix, &
des Inſtrumens harmonieux. Pour moi j'avouë que je n'ai encore rien
vû de ſemblable dans le Maître des Sentences, qui gouvernoit Nôtre-
Dame de Paris au douziéme ſiecle, ni dans ſaint Thomas qui y enſeignoit
la Theologie dans le treiziéme. Il auroit falu que le jeune Docteur, eut
fait voir dans leurs principes, ou dans les conſequences qu'on en pouroit
tirer, quelque choſe d'aprochant de cette belle Theologie. Il auroit falu
pour juſtifier un emportement ſi groſſier & incivil contre cette multitude
de Canoniſtes, que l'Egliſe honnore & emploïe pour mettre & entretenir
l'ordre dans la Maiſon de Dieu, & aux choſes de ſon Service, nous diré
en quoi, & comment les Rubriquaires ſont *ſi pitoïables* qu'il les fait. Il
devoit indiquer préciſement leurs opinions & leurs pratiques ſur la matiere dont il s'agit, il y ſeroit demeuré court, & il ne trouveroit pas à
mordre ſur eux, parce que la Muſique & les Inſtrumens n'ont point encore paſſé en Loix & en Preceptes, pour que ces gens-là qui ſont les
Maîtres de nos Cérémonies, en duſſent faire des Traitez & des Regles.
Ils s'appliquent & ils écrivent ſur de plus ſolides matiéres, plus impor-
tantes à l'ordre & à la majeſté des Offices divins. Où eſt donc la prudence du perſonnage ? Je doute fort que ce grand nombre de Prelats
auſquels on dit que l'on a par honeur envoïé cette Lettre, ſoient bien contans
d'une ſi mal honête veſperie que l'on fait aux Directeurs de leurs Seminaires.
Rien ne peut être plus ſcandaleux & repugnant à la bonne Diſcipline de
ces Ecoles Eccleſiaſtiques, que de fronder ainſi des Docteurs qui font des
Etudes, des Leçons & des Conferences touchant la Science & l'Uſage
des Cérémonies de l'Egliſe.

Page 4. de la
Réponſe.

Je ne ſçai pas même s'ils excuſeront d'erreur, cette propoſition avan-
cée ſi hardiment ; *que le véritable Sens & l'Eſprit de l'Egliſe ſe trouvent plû-*
tôt dans nos uſages que dans leurs texts. Gare le Gavantus & ſes Diſciples
qui enſeignent ſon Livre, depuis Rome juſqu'aux nouveaux Mondes, dans
les Académies Clericales & les Communautez Reguliéres. Ils fondront
tous ſur l'Ecrivain d'une telle propoſition : Et il doit craindre que les A-
beilles irritées ne reviennent ſur le Bravache qui renverſe leurs ruches,
& ne le piquent juſqu'au ſang. Ce fameux Gavantus eſt bien le plus in-
ſigne Auteur & le plus univerſel de tous les Docteurs Rubriquaires qui
ont écrit juſqu'à preſent des Offices Divins. Il les a tous recueillis dans
un ſeul Volume, & il en fait une eſpece de Code dans ſes Commentaires
ſur les Regles du Bréviaire & du Meſſel Romain. Les Congregations du
Concile, & des Rites dont il étoit Aſſeſſeur, Conſulteur, & ſi je l'oſe
dire Maître & Docteur Regent, aïant paſſé toute ſa vie dans cette Etu-
de, les Prelats, dis-je, & les Cardinaux qui ſont les Conſeillers & les
Preſidens de ces ſortes de Congregations, forment d'ordinaire leurs Ju-

Page 4. lig. 3.
Nota.
Que dans la
Lettre origina-
le & manuſeri-
te, il reproche
à M. Deſlyons,
qu'au lieu des
ſaints Peres, il
n'a côſulté que
quelques *Ru-*
bricaires bour-
beux de nos
derniers ſiécles

19

gemens fur ce qu'en ont écrit les Auteurs Liturgiques, que celui-ci a
compilés. Chacun s'en fert aujourd'hui pour reformer l'ignorance & la
barbarie qui s'étoit introduite aux fiécles précedens dans les Eglises par-
ticulieres qui n'avoient que des cérémonies irregulieres, ou point du tout.
Comment eft-ce donc que le Tribunal Romain, & Nofseigneurs les Evê-
ques ne condamneroient cette propofition, *que le véritable fens & l'efprit* Page 4. de la
de l'Eglife, fe trouvent plutôt dans nos ufages que dans les écrits de nos anciens Réponfe.
Peres : Car ils le font vraiement en ce genre de doctrine, & ce font leurs
écrits, copiez par les modernes, qui font la tradition, pour diriger nos
ufages, & les redreffer, lorfqu'ils s'en éloignent ; au lieu que ce font nos
ufages préfens & courans qui détruifent les anciennes Traditions. Et com-
bien voit-on d'*ufages* dans les Paroiffes des Villes & des Campagnes, &
dans les Chapitres-mêmes des Catédrales & des Collegiales, qui feroient
à reformer fi l'on vouloit les examiner & les regler fur les écrits de ces Page 4. lig. 11.
fortes d'Auteurs, aufquels il fait l'honneur de les nommer *pitoiables.* Sans
mentir c'eft trop faire le jeune homme, & pas affez le Docteur, que d'en
faire un fi grand mépris. Leurs Nottes & leurs Obfervations font à prefent le repertoire, & le tréfor des Antiques de l'Eglife Grecque & Latine.
Il eft bien facile & bien honteux de ne répondre à leurs autoritez que par
des invectives ; c'eft dire clairement qu'on a pas de bonnes raifons pour
s'en défendre ; mais il faut repliquer comme faint Auguftin, à Julian fon
adverfaire, qui le traitoit de fauffaire & d'imprudent ; vous imaginez- "
vous que vous ferez vôtre caufe meilleure en me difant des injures ; *numquid* " Lib. 1. cont.
ut habeas caufam bonam conviciando facturus es. Iul. c. 32.

Cependant Belethus eft de cette Claffe d'Auteurs Rubriquaires & Liturgiques ; mais avec cela Chanoine de Paris, qualité qui étant jointe à
celle de Docteur d'une fi célebre Univerfité, donne néceffairement un
grand poids au Traité qu'il a compofé des Offices Divins, & où il a fans
doute expliqué l'ufage de fon tems ; mais de quel tems je vous prie ? du
tems de ces grands Hommes, qui en furent Evêques l'un après l'autre ;
Pierre Lombard le Maître des Sentences, & le fameux Maurice de Sully,
Fondateur de ce vafte Edifice de Nôtre-Dame, & de plufieurs autres re-
marquables antiquitez de Paris ; on peut juger de cette feule circonftance,
que les Offices de leur Eglife, fe reffentoient bien pour lors de la fcience
& de la magnificence toute fainte de ces deux Chefs d'Hiérarchie. Belethus a vécu, & il a écrit ce qui fe pratiquoit de leur tems ; puifque l'Abbé
Trithême, & Loriman d'Utrec, le font encore vivre fous l'Empire
d'Henry VI. qui mourut en 1197. à trois ans prés du treiziéme fiécle.
Mais parce qu'on ne peut pas raifonnablement accufer de faux un Témoin
de ce caractere, ni dénier le fait qu'il dépofe, on tâche de l'éluder par
une miferable hyperbole, en difant que fon *difcours eft d'un ftile outré, n'étant*
pas croiable, dit-on, *que dans l'Eglife de Paris, où il y a toûjours eu de grands*

Hommes, on eut souffert dans un Chœur un mugissement de Taureaux. Je n'ose dire qu'il faut leur ressembler, pour lever ainsi les cornes, & les tourner si indignement contre un Docteur de cette qualité par l'explication *outrée* que l'on donne à ses sentimens.

C'est pourtant un Auteur qui a merité d'être mis au Catalogue des Ecrivains Ecclesiastiques, & avec de glorieux éloges ; d'un Docteur renommé de son tems dans l'Université de Paris, excellent Esprit, bon Philosophe, insigne Theologien & bien instruit dans la Science des saintes Ecritures, qui a ennobli son nom & sa reputation à la posterité par les Ecrits qu'il a laissés. Voilà ce qu'en dit l'Abbé Tritheme. Mais je reserve le meilleur, & ce qui fait le plus à mon propos touchant son stile, *Sermone Scolasticus.* On peut penser qu'après toutes ces loüanges, il n'a pas voulu le déprimer en disant qu'il avoit écrit en Docteur Scolastique, ou que son stile étoit celui de ce tems-là ; comme l'on diroit par exemple de Pierre Lombard Maître des Sentences, qui pouvoit apparemment avoir été son Maître, puisqu'on peut dire que Belethus fit ses Etudes, & fut Docteur dans la suite du même siécle. On lui attribuë donc le stile de l'Ecole, non point d'un Orateur qui exagere & amplifie les choses, mais d'un Theologien qui les définit & les décide en termes abregez, par principes & par conclusions. On ne peut pas mieux réprimer l'ignorance ou l'imprudence du Censeur, qui ose accuser cét ancien Maître de nôtre Faculté, d'avoir outré la matiere des Ténebres : Car c'est vouloir dire, ou qu'il est menteur, & n'a pas dit la verité de ce qui s'y passoit de son tems, ou qu'il l'a alterée par des exagerations impertinentes. Cette Censure est plus digne de pitié que de refutation ; & tout Lecteur sage & judicieux voit bien que ce vénérable Chanoine de Paris, étoit un Prêtre d'une simplicité Apostolique & de Doctrine Scolastique, ainsi qu'il paroît en son stile. Il n'a pensé qu'à exprimer naturellement les choses comme il les a vûes ; il veut décrire la tristesse du chant, avec lequel on chantoit les Pseaumes, les Leçons & les Répons de cét Office : & on veut le rendre ridicule, ou extravagant ; lui faisant peindre dans son imagination des grotesques & des taureaux, pour des Musiciens & pour des Chantres : A-t-il dit un seul mot qui aprochât du burlesque & du beuglement ? Le verbe *mugire,* étoit assez latin pour ne lui être pas inconnu ; & il auroit possible pû le faire entrer dans son sens sur cette matiere, comme le Poëte l'a employé pour exprimer le son d'une Trompette aux occasions de guerre.

Tyrrhenusque tubæ mugire per æthera clangor.

Non certainement, il ne vouloit ni de mugissemens ni de rugissemens, quoique David non seulement les permette, mais qu'il semble les exiger des Penitens. Or c'est en ces jours-là qu'ils paroissent en cérémonie Nôtre-Dame de Paris ; comme il se fait encore à présent & dans toutes les Eglises Episcopales, où l'on pratique une Absoute generale & solennelle
avec

Marginal note:

Joannes Belethus, Gymnasii Parisiensis olim insignis Theologus in divinis Scripturis eruditus, & in sæculari Philosophia sufficienter doctus, ingenio promptus. Sermone Scolasticus, inter Doctores sui temporis nõ ignobilis, scribendo & disputando nomen suũ ad posteritatis notitiam cum gloria deduxit. Scripsit autem non inutile opus de Divinis Officiis, & Sermones quoque varios, &c.

avec la recitation des Pſeaumes penitentiaux, dans leſquels le Prophete a joint le rugiſſement de ſa voix au gemiſſement du cœur contrit & humilié, *rugiebam à gemitu cordis mei.* Mais ce ſera toûjours une méchante figure de ne ſe défendre qu'en tournant les choſes ſaintes en dériſion. Penſe-t-on ſouſler ainſi par une froide raillerie le témoignage de cinq cens ans, & d'un Docteur Chanoine, qui a voulu marquer par des termes un peu forts, la gravité des chants lugubres de ſon Egliſe, *alta voce,* à voix haute; non point d'une baſſe de Viole, ni par les doux accords des Voix avec le Violon & le Claveſſin; mais plûtôt avec des tons & des accens ſi triſtes, qu'ils puſſent exciter la componction des Aſſiſtans, ou repreſenter les cris, les ſanglots, les pleurs & les douleurs de la Vierge, des Apôtres, des Diſciples & des Dames dévotes de JESUS-CHRIST; tandis que les Juifs demandoient ſa mort avec de terribles & d'horribles clameurs, *voce terribili & quaſi horribili, tolle, tolle, crucifige.* L'Egliſe imite les Myſteres & ne prétend par la memoire, & par les Cérémonies qu'elle en fait, ſinon d'en former dans le cœur des Fideles, quelques impreſſions de grace qui les touche. Elle veut par exemple, que pour honnorer ce grand cry de JESUS expirant en Croix, *cum clamore valido & lacrymis,* ſelon les termes de ſaint Paul, & d'une voix ſi forte, que les autres Evangeliſtes en font un témoignage de ſa divinité, *quia ſic clamans expiraſſet:* l'Egliſe, dis-je, veut que ſon chant s'en reſſente, *voce terribili.* Elle veut que pour bien méditer ſa Paſſion, nous concevions l'horreur de nos pechez qui en ſont la principale cauſe; elle prétend que les hommes ſoient frapés de la terreur des Jugemens de Dieu, qui n'a pas épargné ſon propre Fils: & qui diſoit lui-même au fort de cette amere & douloureuſe Paſſion, *ſi le bois verd, ſi le Juſte & le Saint eſt traité ſi terriblement, que ſera-ce du bois ſec & mort,* des pecheurs & des impies? Ce ſont-là les ſentimens de l'Egliſe aux Tenebres de la Semaine-Sainte; les Prêtres & ceux qui ſe diſent Docteurs, doivent s'en remplir les premiers, pour les répandre ſur le Peuple; au lieu de les éteindre par de fades inepties, dont ils oſent ridiculiſer nos anciens Maîtres, dans les explications ſpirituelles qu'ils nous donnent des Cérémonies litterales. Pour moi je crois ce que Belethus en raporte, avec des termes ſi exagerez, étoit quelque choſe de particulier & d'extraordinaire que nous ne ſçavons pas; d'autant qu'on a ceſſé de le faire. Et qui ſçait, ſi à la place de ces ſaintes horreurs, qui attirent & inſpirent la componction; les Demons Princes du ſiécle, ne font pas venir du Theatre au Sanctuaire les douceurs de leurs Inſtrumens, pour diſſiper la dévotion; du moins n'attirons pas ſur nous l'effet de la menace de l'Apôtre, qui dit *qu'on ne ſe moque point de Dieu impunement;* & c'eſt un avis à donner à ces Rieurs qui ſe joüent de la ſainte Antiquité, en lui donnant les Violons; au lieu, diront-ils, de faire beugler comme des Taureaux nos Pſalmiſtes & nos Chantres: Mais malgré leurs railleries, il ſera toûjours vrai de dire que c'étoit quelque

E

Pſalm. 31.

Illi verò multò magis clamabant inſtabant vocibus magnis & invaleſcebant voces eorum. Luc. 23.

Hebr. 5. 7.

Marci 15. 39.

Luc. 23. 31.

Nolite errare Deus non irridetur. Galat. 6. 7.

chofe de fort trifte pour la Pfalmodie, & pour les Leçons de Jérémie, felon qu'en parlent les Chanoines de ce tems-là, & en termes fi précis de *terreur*, *d'horreur* & de *lamentation*. C'eft pourquoi les Sages, qui font les vrais Dévots, rejetteront volontiers les offres qu'on leur fait aujourd'hui de vêtir la Mufique de dueil, & de *faire pleurer les Inftrumens avec les Voix*. C'eft une belle imagination & une défaite impertinente : s'ils ne fe contentent pas du texte de l'Ecriture que Monfieur Deflyons leur a cité, qui blâme les recits de Mufique aux tems & dans les occafions d'affliction, qu'il les renvoïe à la glofe du Decret, *cap. Cantantes dift.* 91. afin de fe defabufer, en apprenant une bonne fois, que dans le Service de l'Eglife, c'eft le cœur qui chante aux oreilles de Dieu; tandis que les bouches & les voix ne fe font entendre, & ne plaifent qu'aux oreilles des hommes.

 Non vox fed votum : non chordula Mufica, fed cor :
  Non clamans, fed amans cantat in aure Dei.

 Il ne me refte plus, Monfieur, qu'à vous marquer l'étonnement extrême où je fuis, de voir la maniere heteroclite avec laquelle l'Adverfaire reprend les raifons, & s'imagine refuter le principe capital du fyftéme de Monfieur Deflyons, qui eft, que fans blâmer, ni bannir la Mufique des Offices Divins; il foûtient feulement qu'elle eft importune & hors de fon rang dans l'Office des Tenebres. Il en rend, dis-je, des raifons qui ébranleroient les plus grands amateurs de la Simphonie. Or pour y proceder felon la métode qui s'obferve entre les Sçavans, il faudroit détruire ces raifons & ce principe. C'eft ce qu'on n'a point fait, ni directement ni indirectement. On s'eft contenté de dire en l'air & en deux mots, *eft*, *eft*, contre deux autres termes tout oppofez, & qui difoient, *non*, *non*. La remontrance de l'ancien Doyen difoit, & prouvoit auffi, que la Mufique n'étoit point recevable dans le grand dueil de ces trois jours, où l'Eglife travaille plus à fe lamenter qu'à chanter. La Réponfe du jeune s'eft contentée de dire en courant, mais fans le prouver, que la Mufique y peut être admife avec fes Inftrumens. Et le Défenfeur de cette propofition, fans alléguer, ni Ecriture, ni Conciles, ni Peres, dont il ne produit aucun Texte formel, faute par bonds, & frape du pied en terre, & s'éleve en haut, comme s'il emportoit fon ennemi, couvert d'un gros tourbillon de vanteries & d'invectives, qui font tout l'ornement de fon triomphe.

 Mais il n'a pas pris garde qu'en infultant d'une maniere fi malhonête au plus ancien Docteur de nôtre Faculté, & au Senieur de Sorbone, il s'éleve avec beaucoup d'imprudence contre la mémoire du Provifeur & du Chef de cette illuftre Maifon, à qui il appartenoit encore d'être Juge, plus fouverain dans cette Caufe, par la qualité d'Archevêque de Paris. C'eft Meffire François de Harlay, dont on a vû briller les lumieres dans un grand nombre, & des plus confiderables Affemblées du Clergé de France. Mais il fit éclater finguliérement celles de la fcience & de la pieté Ecclefiaftique dans les Ordonnances du premier Synode, dont il fignala l'entrée de fon Epifcopat au mois de Juillet 1674. C'eft-là qu'on voit l'Article IV. de fes Statuts, enluminé d'une défenfe expreffe d'employer la Mufique & les Inftrumens à l'Office des Tenebres. L'on fçait auffi que cette grande Ville qui vaut toute feule une des plus grandes Provinces, aïant tant d'Eglifes, de Convents & d'Oratoires, qu'il eft bien difficile que les Loix du Dio-céfe foient publiées ou gardées uniformement en tous lieux, il lui arrivoit fouvent d'envoïer des ordres particuliers aux jours de la Semaine-Sainte à de certains Monafteres de Filles, pour interdire & diffiper cés fortes d'*Opera Tenebrarum*. Ainfi les ufages de ces deux Diocefes limitrophes, Paris & Senlis étant prefque les mêmes, comme il nous paroît par la con-formité de leurs Bréviaires & de leurs Rites; Monfieur Deflyons ancien Doyen a fuivi le même efprit, & on ne peut que témerairementl'accu-fer fur ce point, de porter la feverité de la Difcipline à l'excés. Sans doute auffi que le jeune Doyen ne voudroit, ni n'oferoit pas faire maintenant le procés à fon Prelat naturel & Diocefain, l'un des plus fideles & des plus zelez Obfervateurs des faints Canons, que la France ait vû depuis long-tems fur le Trône Archiepifcopal de la Capitale du Roïaume. C'eft en effet Monfeigneur Antoine-Loüis de Noailles, qui a renouvellé l'Ordon-nance de fon Predeceffeur. C'eft lui qui l'an paffé dans fon Synode au mois de Septembre 1697. a prononcé, publié & fait imprimer l'Article 32. & en ces mêmes termes; *Nous défendons de faire chanter en Chœur, ou avec des Inftrumens, aucune Mufique aux Ténébres, dans un tems deftiné à pleurer la mort du Sauveur du monde.* Ne font-ce pas là prefque les mêmes paroles, mais tout le même fens de la Lettre de Monfieur Deflyons : & à quoi penfoit fon Confrere, qui eft d'une famille Praticienne & Parifienne, de s'élever contre une Ordonnance fi autôrifée de fon Evêque, & laquelle nous fçavons qu'il a tellement à cœur, qu'encore qu'elle foit fuffifamment notifiée par la nouvelle impreffion, & par le débit qui s'en eft fait, a en-core pris le foin cette année d'en faire avertir par des ordres particuliers, & envoïé de fa part à de certaines Communautez, où les belles voix & les belles Mufiques attiroient davantage de monde. Ne vous femble-t-il pas, Monfieur, que tout cela eft une efpece d'indulgence pleniére, avec la remiffion du peché que l'on impute à Monfieur Deslyons, fans qu'il foit obligé pour gagner l'indulgence, d'être contrit & repentant des excés d'un Moralifte outré.

Tournons à préfent la Médaille; & difons que ce n'eft pas l'ancien, mais bien le jeune lui-même qui fe croit plus éclairé que les plus grands Prélats de l'Eglife, & qui s'eft engagé trop legerement à foûtenir ce qu'on lui montre maintenant être improuvé & défendu par fes propres Supe-rieurs, & par des Evêques qui fçavent incomparablement mieux que lui l'Ecriture & l'Eglife, qu'il prétend que Monfieur Deslyous a violées. Qu'il se vante tant qu'il voudra que ses *meures speculations* le doivent emporter sur la remontrance de son Patron, & que ce sçavant homme s'est trompé; qu'il nous fasse voir en même-tems comment ces deux tres-sçavans Archevêques, dont il ne fait que suivre le zéle & la doctrine, ne se trompent point. C'est ici, à mon avis, un labirinthe d'où il aura de la peine à sortir. Car s'il défere à l'Ordonnance de ces deux Prélats qui condamnent & défendent les Instrumens & la Musique à l'Office des Ténebres ; voilà Monsieur Deslyons triomphant, & il ne faudra plus songer qu'à lui faire reparation. Si au contraire il persiste à soûtenir opiniâtrement sa thése, comme il ne l'apuie que par de fausses suppositions armées de calomnies & d'injures, elles ne fraperont pas seulement Monsieur Deslyons à qui elles s'adressent, mais elles retomberont par contre-coup sur ces deux Grands & Illustres Archevêques. Et pour lors il fera retourner sur lui-même la Satyre de Juvenal contre un personnage Grec.

Quo non deformior alter
Venerat ad Trojam, linguáve protervior alter.

Et tout mal-bâti qu'il étoit, ne laissoit pas de mal parler d'Achiles, & des plus vaillans Capitaines qui étoient au Siege de Troyes.

Je ne sçai de quelle consideration & de quel poids pouroient être les autoritez & les raisons dont il menace, si on l'oblige de reprendre la plume: Mais je sçai bien que s'il la trempe dans le fiel comme il a fait, & que sa bile vienne encore au secours, ou plûtôt au défaut de sa vertu & de sa science pour faire à Monsieur Deslyons des reproches à ceux dont on a rempli sa Psal. 62. Réponse, il en arrivera ce qui est écrit aux Pseaumes. Ce sont des fléches ,, tirées par la main des Enfans, qui ne font pas de profondes plaïes, & la ,, malice de leurs langues, les blesse eux-mêmes plus que ceux contre lesquels ils parlent. A quoi servoit-il pour défendre la Musique & les Musiciens, de proclamer le premier Prêtre d'un Diocése, & la premiere Dignité d'une ,, Eglise Catédrale, pour dire à toute la terre, *qu'il n'a point de Charité, qu'il* ,, *en a rompu les liens, & troublé la paix dans sa Compagnie ; que pour n'en avoir* ,, *pas gardé les regles, il a pensé causer un Schisme parmi les Chanoines; qu'il est le* ,, *seul Auteur par son Zéle trop violent, des emportemens & des scandales d'éclat qui* ,, *s'en sont ensuivis au sujet de sa Lettre; qu'il mérite pour cela le Væ de l'Evangile* ,, *contre ceux qui scandalisent les foibles; que son zéle est amer, & n'est point selon la* ,, *science; qu'il abuse de la crudelité des Esprits; qu'il les aigrit sur des choses indif-* ,, *ferentes; qu'il condamne ce qui n'est point blâmable; qu'il est un fort mauvais Cri-* ,, *tique en fait d'Auteurs, & spécialement de saint Cyprien & de saint Augustin, où* ,, *il s'est trompé pour ne les avoir pas bien lûs avec attention, ni discernez avec juge-* ,, *ment; qu'il cherche à faire briller son esprit, & veut parler autrement que les autres;* ,, *que pour cela Dieu l'a humilié & permis qu'il se soit trompé dans cette occasion;* ,, *qu'il feroit beaucoup mieux de demeurer dans un respectueux silence que de vouloir* ,, *étaler son érudition aux dépens d'autrui.* (Car voilà une partie des fleurs que fa Rhetorique a parfemé dans fa Réponfe.) Je fçai bien, dis-je, qu'un bouquet compofé de telles fleurs ne trouve point de place fur l'Autel de la Charité, & que les honnêtes gens ne peuvent en fuporter l'odeur.

Oferois-je, Monfieur, avant que de finir cette Lettre, qui n'eft déja que trop longue, vous raporter un petit trait d'hiftoire qui pouroit bien avoir ici fon application. Je me fouviens d'avoir lû dans Baptifte Fulgofe, qu'un pauvre Efclave aïant malheureufement caffé un verre dans un repas que Pollion donnoit à Augufte Cefar, cét impitoïable Maître en fut tellement irrité, qu'il condamna ce miferable à être jetté dans fes Etangs, pour être mangé tout vif des poiffons & des lamproïes : C'en étoit fait fi la fortune n'avoit arraché ce malheureux des mains de ceux qui le menoient à la mort. Il vint fe jetter aux pieds de l'Empereur, le fupliant avec larmes, de le faire mourir d'un autre genre de fuplice. Mais ce Prince aïant entendu tout le fait, le fit mettre en liberté & commanda d'aller rompre tous les vafes de Pollion, & débonder fes Etangs, puifque pour fi peu de chofe, il commettoit de fi grands excez.

Si l'on confidere la Remontrance que Monfieur Deslyons fait à fon Confrere, il n'y a rien qui ne foit édifiant, rien qui ne reffente la pieté, rien qui ne faffe paroître fon zéle pour le falut des ames, & un amour tendre pour la Difcipline de l'Eglife. Tout fon malheur eft que fa Lettre eft devenuë publique, qu'on auroit bien voulu être toûjours demeurée fecrette. Voilà le verre de criftal caffé, qui a mis fi fort en colere le Confrere & fon Apologifte. Mais pourquoi la décharger fi aveuglement fur ce venerable vieillard, qui eft innocent de cette avanture : Car chacun fçait à prefent que fi cette Lettre a vû le jour, ce n'a été que par les foins qu'en ont eu quelques Chanoines oppofez à ces fpectacles de Mufique, & qui ont été ravis d'avoir pû trouver cette occafion pour juftifier leur averfion, & l'oppofition qu'ils faifoient à cette nouveauté. Au refte, quand l'ancien Doyen n'auroit pas été lui-même infenfible à ce tumulte, quand des deux Partis qui étoient déja formez dans le Chapitre, il auroit voulu prendre & favorifer celui qu'il croit le plus fain & le plus fûr, comme il l'eft en éfet, par tout ce que je viens de vous dire; quand il auroit pour fe juftifier & calmer les efprits, laiffé lire fa Lettre, & tirer la lumiere de deffous le boiffeau, par ceux qui avoient interêt de découvrir le jufte de leur procédé, & le bon de leur caufe, où eft fon crime là deffus ? Auroit-il falu pour cela fonner, comme on a fait, le tocfin fur lui, crier aux injures, courir aux invectives, s'emporter à d'injuftes reproches, & à toutes fortes de médifances, le condamner à perdre la vie civile en lui raviffant, s'il étoit poffible, l'honneur & la reputation que fa haute pieté & fa profonde érudition lui ont acquis. Croïez-moi, Monfieur, il n'eft déja que trop vangé dans l'efprit des Sçavans & des gens de bien, par le même écrit qui l'ourage, tout eft en fûreté pour lui de ce côté-là : mais pour fon Aggreffeur

E iij

il a plus à craindre que le fort de Pollion : Car qui fçait fi l'Empereur du Ciel & de la Terre, qui protege toûjours les bons, ne fera pas retomber fur la tête de ceux qui les perfecutent, tous les traits dont ils s'éforcent de les percer. L'Apologifte du Confrere a beau fe cacher fous le manteau de la Charité. Il faut qu'il aille encore paffer quelques années fous la Difcipline, & dans l'Ecole de cette grande Maîtreffe des Vertus pour en faire des leçons aux autres, & mériter fa protection : elle ne défend contre l'Ire du Ciel, que les doux & humbles de cœur. En vain femble-t-il vouloit que cette Charité de fraternité, ferve de couronne à fa Lettre, après qu'il l'a femée par tout comme une graine de zizanie & une tentation de difcorde parmi les Chapiţres, aufquels l'envie prendroit de faire pleurer muficalement les Lamentations de Jérémie.

Mais enfin, il faut prier que le même Dieu, qui du commencement fit fortir le premier jour de la nuit qui couvroit la face de l'abîme : que Dieu, dis-je, fufcite la fageffe des Prélats & la fcience des Docteurs, *de tenebris lucem fplendefcere* ; afin que cette occafion de l'Office des Tenebres, ferve à éclairer les Eglifes Gallicanes d'une plus pure lumiere, pour les induire à faire un ufage vraïement Canonique de la Mufique & des Muficiens, qu'on y entretient à fi grands frais, & fi peu de devotion pour les Peuples; car ils en font pour la plûpart un divertiffement fenfuel & hipocrite, plûtôt qu'un culte fpirituel & faint d'une Religion toute divine. Je crois, Monfieur, que vous ferez bien de mon avis, & moi pour jamais.

Vôtre, &c.

LETTRE DE MONSIEUR DESLYONS, à Monfieur de Bragelongne.

JE viens d'aprendre dans nôtre Eglife que l'on y preparoit un fpectacle de Mufique extraordinaire pour les Tenebres, qui font proprement les Funerailles & le dueïl de nôtre Maître. A quoi penfez-vous Monfieur mon tres-cher Confrere. *Tu qui es Magifter in Ifraïl,* & qui fçavez que felon les Ecritures, la Mufique dans le dueïl eft impertinente & importune, *Mufica in luctu importuna narratio.* Quand je fuis venu au Doyenné, on ne chantoit point les Leçons de Jérémie muficalement; & ce fut le fieur Collec qui en introduifit la nouveauté. Cependant on leur donne le nom de Lamentations : & Belethus ancien Docteur de Paris de cinq à fix cens ans, marque en termes exprés dans fon Traité des Offices Divins, qu'elles doivent être recitées dans un chant lugubre, & d'un ton trifte, capable de tirer les larmes des yeux. *Debent ergo diei Lectiones etiam lamentando & maxime illa quas Threnos appellamus luget Ecclefia etiam tunc Paffionem & Mor*

Eccli. c. 22. v. 6.

Cap. 101. & 102.

tem Domini. Car les Interpretes de l'Ecriture, fuppofent que le Prophete ne compofa ces Lamentations, que pour déplorer la captivité du Peuple de Dieu, & le faccagement de la Cité fainte, dont l'Eglife fe fert par raport au malheur des Juifs, & l'entiere défolation de cette Nation perfide, qui a été abominable & difperfée par toute la Terre, en punition de la mort de JESUS-CHRIST; mais fi je vous ajoûte que ce Docteur étoit Chanoine de l'Eglife de Paris, dont vous eftimés tant le Bréviaire & les Cérémonies, vous en aurez fans doute plus de confideration. Or il ne fe contente pas de dire fouvent que l'Office des Ténebres doit être celebré *lamentabiliter* : Mais j'ai été furpris de la remarque qu'il fait que l'Office des Matines durant ces trois nuits, fe chantoit d'une voix *alta & quafi terribili*, jufques à repeter par 2. & 3. fois en dix & douze lignes les mêmes mots, ou du moins le même fens, *Voce elevatá & velut horribili. . . . tribus hifce noctibus ipfum Officium alta voce & quafi terribili.* Accordez cela fi vous pouvez avec vôtre Simphonie de Viole, de Violons, d'Orgues & de Claveffin. Rien n'eft plus contraire ni au tems de Carême où l'on fait ceffer les Orgues, ni à la Semaine-Sainte & à l'Office des Tenebres, où l'harmonie des Cloches eft interdite, quoique ce foit les veritables inftrumens benits & confacrez par l'Eglife même pour mettre les Fideles en devotion : au lieu que les Violes & les Violons avec les autres Inftrumens que vous preparez, font veritablement prophanes, emploïez d'ordinaire aux danfes, aux fpectacles du Theatre, & aux pompes de Satan.

Enfin tout l'Office des Tenebres dans l'ordre & l'intention de la fainte Eglife, doit être dépoüillé; je ne dis pas des agrémens & des douceurs qui flatent les fens & les oreilles, mais même l'efprit & le cœur dans les autres Cérémonies de la Religion Chrêtienne. On n'y chante point la gloire & la loüange de la Trinité qui fert de Couronne à chaque Pfeaume, on fuprime les benedictions, on éteint les cierges, comme fi la lumiére qui eft fi agréable par elle-même, incommodoit la devotion de la pure foi, qui demande à fe recueillir & à rentrer dans le fond du cœur, pour y goûter & méditer la parole de Dieu, que l'on chante, & qui paffe par l'ouïe, ainfi que dit l'Apôtre, *Fides ex auditu*, au lieu que le divertiffement de vôtre Opera ne peut avoir d'autre deffein, ni d'autre éfet que de faire fortir l'ame de fon fond interieur, & s'évaporer au dehors pour fe delecter dans la Mufique, qui d'ailleurs n'eft pas fort excellente, mais qui ne laiffe pas d'amufer les ruftiques & les indevots, qui prennent ce qu'on leur donne pour les défennuier de l'Office, où ils n'entendent rien des Myfteres qui y font enfermez, & où par confequent il ne fçauroient avoir grand gout.

Je fai M. & vous le fçavez comme moi que la probabilité a fes emportemens, & qu'elle ne manqueroit pas de me faire ici des répliques que la Mufique eft capable d'exciter l'homme interieur à la dévotion; j'en doute fort, elle n'eft point ni de l'inftitution des Apôtres, puifque S. Paul dans fes Epitres ne parle que du Chant & de la Pfalmodie, pourvû que le cœur y foit attentif, *Cantantes & pfallentes in cordibus veftris*, ni de la Tradition des premiers & des plus purs siécles de l'Eglise, & qu'elle ne s'est introduite dans nos Cathedrales que depuis environ trois cens ans, mais avec des vanitez irregulieres & seculieres, dont les Maîtres prétendus de Musique ont rencheri les uns sur les autres, malgré tous nos Conciles de France, qui depuis, & conformement à celui de Trente, se sont éforcez de reprimer & de condamner ces abus.

Si je suivois ici le mouvement & la lumiere où le cérémonial me conduiroit, je vous ferois voir par un enchaînement de tous les Auteurs Liturgiques, qu'il n'y a rien de plus répugnant au sens commun, que de mêler la Simphonie & faire agir les Instrumens dans l'Office des Tenebres, & je pousserois cette absurdité jusqu'à vous convaincre, que c'est en quelque façon communiquer avec les Protestans : car il me souvient d'avoir lû dans les Controverses de Bellarmin, qu'il refute Kemnicius ou quelque autre Ministre sur le mépris & les railleries que font les Hérétiques, des Cérémonies lugubres du Vendredi-Saint : disant qu'au contraire il faut nous réjoüir au jour de nôtre Redemption : Desorte que les Fanatiques voudroient que nous fissions du Vendredi-Saint un jour de Pâques, & je ne doute pas que si les Musiciens avoient un peu plus de Science & de Theologie, ils ne trouvassent facilement des congruitez & convenances spirituelles & mystiques pour autoriser l'usage des Concerts au concours des Tenebres, sans aprehender la censure de l'Antiquité : cependant si nous croïons saint Cyprien, bien-loin d'exciter les ames à la componction, le diable ne s'en sert d'ordinaire que pour les faire

Amalari. Fortunat. Episcop. Trevir. Lib. 1. de Eccles. Offici cap. 2.

fondre en dissolution & en molesse, *Aures per canora Musica tentat ut in soni dulcioris auditu solvat & molliat Christianum vigorem.* Je vous cite ce passage tel que je le trouve dans un Pere du neuviéme siécle, & dans un endroit où il parle des Leçons & des Repons du Mercredi de Tenebre.

Je ne prétends pas M. faire ici le Pedagogue, pour instruire un Docteur, mais pour me décharger en Confrere & en Ami, du scrupule que j'aurois de ne vous pas dire les raisons que j'ai de n'être pas ni complaisant, ni indolent sur les nouveautez de cette nature. Il y a soixante ans qu'on me fit le récit d'une action fameuse en ce genre, & dont la mémoire étoit encore fraiche du dernier Doyen vigoureux. L'Academie des Musiciens avoit entrepris avec ceux de nôtre Chœur de faire une sainte Cecile toute extraordinaire par un grand attirail de divers Instrumens préparés dans nôtre Jubé. Il s'y en alla lui-même, & dissipa toute la Fête par le renversement & le fracas des Simphonistes & de leurs Instrumens. La chose pouroit être passable pour une Ste Cecile, quoiqu'il soit fort assuré que son patronage est mal & abusivement fondé sur le Chant, & sur les Orgües dont cette sainte n'a jamais joüé ; mais faire un spectacle de cette espece d'Opera, pour les jours les plus tristes & les plus saints de l'année, c'est une extrême incongruité *si factus sum insipiens supportate me* : Car je suis vôtre Serviteur d'une telle maniere que j'en ai & dois en avoir plus de liberté à vous exposer mes sentimens dans les choses dont ma vieillesse me donne plus d'intelligence & plus d'experience.

REPONSE.

REPONSE

DE MONSIEUR DE BRAGELONGNE

Docteur de Sorbonne, Doyen de Senlis, & Grand
Vicaire de Monseigneur l'Evêque.

*A la Lettre de Mr. DESLIONS Ancien
Doyen de Senlis & de Sorbonne.*

MONSIEUR, Mon Trés-Cher Confrere ; C'est
une chose naturelle à l'homme d'être adorateur de
ses propres lumieres, il n'y a que la grace de Jesus-
Christ qui nous y puisse faire renoncer. A quoy
pensés-vous donc, Monsieur, quand vous blâmés si hautement
des choses que l'Ecriture approuvé, que l'Eglise Ste. a cano-
nisées, & qui se pratiquent par tout : N'est-ce point pousser
trop loin vôtre severité par un zele amer. Autrefois Ter-
tulien, aussi bien qu'Origene, firent de lourdes fautes sur des
faits de Discipline. Ce qui les engagea à cela, fût peut-être
pour se distinguer & sortir de la foule, ils voulurent être
plus sages qu'il ne faloit l'être. Je n'aime point que mes amis
outrent la morale, & je ne puis souffrir qu'ils portent la severité de la discipline à l'excès, *Ni quid nimis*, disoit un Ancien.
Au commencemēt de mon Décanat j'eus des sentimens ap-
prochans des vôtres sur cet article : quand je demanday que
dans nôtre Eglise la Musique ne fût point accōpagnée d'Instrumēs,
Une speculation trop rigoureuse & trop conforme à la lettre qui
tuë, me fît agir ainsi, une speculation plus meüre jointe à la
Pratique de la Sainte Eglise, secondée de personnes experi-
mentées, me fit connoître, que sur ces sortes de choses c'est
l'Esprit qui vivifie. Vous m'entendés Mr. il n'est pas besoin qu'à
un grand Docteur comme vous, je particularise davantage mon
discours, ny que j'explique plus clairement ce que j'ay l'honneur de vous dire ; Vous avés sçû qu'en ce temps je fis mes

remontrances au Chapitre au sujet des Instrumens de Musique, & que la compagnie ordonna qu'il n'en entreroit aucun dans nôtre Eglise; mais quelque temps aprés ayant communiqué ce qui s'étoit passé à un des plus Illustres Archevêques de l'Eglise Gallicane, ce Grand Homme me fit connoître par de si bonnes raisons, que j'avois eu tort, que je ne me trouvay point offensé de ce qui fût arrêté en mon absence, qu'à l'avenir on s'en serviroit. Je crus alors qu'il étoit beaucoup plus judicieux de ceder au sentiment des autres, & d'avoüer que j'avois été dans l'erreur, que d'y perseverer par une opiniatreté toûjours blâmable.

Pour vous Monsieur, vous n'avés pas ignoré cela, mais vous vous croyés apparemment plus éclairé que les plus grands Prélats de l'Eglise : pourquoy faire imprimer une Lettre qui s'adresse à moy seul, & qui se trouve répanduë par tout en même tems que je la reçois, est-ce pour faire briller vôtre éloquence, pour étaler vôtre érudition & vôtre Esprit à mes dépens? Est-ce enfin un pur motif de charité? Rendés gloire à Dieu : J'avois enseveli dans l'oubly cette lettre par le respect que j'ay pour vôtre Persône, de peur de faire connoître à tout le monde, quelques justes & doctes que vous croyés tous vos écrits, qu'en cette occasion au moins vous vous étiés trompé; mais puisque vous la rendés publique en la faisât imprimer, vous me forcés de vous répôdre. Vôtre Lettre a fait plus d'éclat par le procedé que vous avés tenu en la mettant au jour, que par elle même. L'on convient, & j'en conviens aussi, que vous avés du zele, mais il pourroit arriver qu'il ne seroit pas toûjours selon la science, qualité cependant essentielle au veritable zele selon le langage de l'Apôtre. Puis que vous m'y contraignés, permettés moy de vous en convaincre, ou du moins de vous dire des raisons capables de le faire, aprés quoy je me tairay, telle chose que vous puissiés écrire, à moins que vous ne souhaitiés absolument que je vous rapporte tout au long les authorités dont je puis me servir pour vous combâtre. Ie vous dis donc Mr. que vôtre zele n'est point selon la science, par ce que vôtre écrit blâme en particulier & en general la Musique aussi bien que ses Instrumens, comme choses mauvaises en soy, & c'est ce qui est trés-faux ; car n'est-ce pas dire qu'une chose est

mauvaise en soy, si elle porte toûjours à de mauvaises choses.
Or il n'y a rien de si aisé par vôtre Lettre, où toute la rigueur
du raisonnement n'est point observée, de vous prouver que vous
à la condamnés absolument, comme portant à amolir l'ame, ou
la distraire de Dieu à quoy elle doit tendre. Quand vous avancés
pareille proposition, n'y auroit-il point là quelque envie secrette
de parler autrement que les autres? Dieu veuille qu'il n'en soit pas
ainsi. Vous vous êtes formé un raisonnemét sur ce qui est écrit, que
la Musique est importune dans les tems de deüils j'en conviendray
avec vous, si cette Musique n'a point de rapport au sujet de
tristesse que nous avons, la Musique est sainte, quand elle se porte vers un objet saint, la Musique est profane, quand elle se
porte vers un objet profane, la Musique sainte est gaye, quand
l'Eglise se réjoüit, la Musique sainte est lugubre, quand l'Eglise
est dans la tristesse, c'est pour cela que l'Eglise l'authorise aux
funérailles des Chrêtiens, qu'elle s'en sert au jour du grand
Vendredy, même pendant le Sermon de la Passion, qu'elle y
fait retentir ses Instrumens & ses voix lugubres, & n'est-ce pas
un usage receu dans toutes les Eglises, aussi bien que dans la
Nôtre? Au fond, de quoy s'agit-il? d'un Clavessin & d'une Basse
de Viole qui accompagnent une voix: Falloit-il tant de fracas
pour si peu de chose? qui ne croyroit à vous entendre, que nous
chantons dans Nôtre Eglise des Cantiques Profanes, qui amo-
lissent l'ame pour la porter vers les objets profanes, à moins que
vous ne l'ayés ainsi prétendu, pourvû que Nôtre Musique soit
sainte, qu'elle soit gaye dans les temps de joye, triste dans les
temps de deüil, toute vôtre Lettre ne prouvera rien, vos
raisonnemens s'en iront en fumée. Je vous rends justice, je
sçay qu'elle est vôtre pieté, & je sçay jusques où va vôtre science;
mais cependant quelques fois les plus grands hommes se trompent; Dieu le permet ainsi pour les humilier & pour des cau-
ses qui nous sont inconnuës: mais dites moy, Monsieur, pourquoy vous efforcés vous de nous prouver par d'Anciens Rubriquaires, ce que personne ne vous conteste en un sens, si vous
restés dans de justes bornes: & quand on vous contesteroit certains préjugés que vous vous êtes formés, ou que vous voulés

adapter à ces Meſſieurs ; En bonne foy croyés-vous que vous ne
vous trompiés jamais , non plus que ces Autheurs ; ignorés-
vous que le veritable ſens & l'Eſprit de l'Egliſe , ne ſe trouvent pas
plûtôt dans nos uſages , que dans leurs écrits , ce ſont ſouvent
des rapſodies d'ignorans dans la belle & vraye Theologie , auſſi-
bien que dans nos Miſteres , s'ils en reſonnent , c'eſt plûtôt en
aveugles qu'en gens éclairés , il n'eſt pas du bon goût , & il ne
convient point à un eſprit juſte , de recevoir toûjours ce qu'ils
nous débitent , comme des raiſonnemens invincibles , & qui doivent faire loy : s'il y en a de bons , il y en a grand nombre de
pitoyables ; Mais de grace , Mr. vous aimés pluſieurs voix qui
pleurent la mort de Jeſus-Chriſt ; Que n'aimés-vous auſſi pluſieurs Inſtrumens qui la pleurent en leur maniere ? Toutes les
choſes inanimées n'ont-elles point porté le deüil du Sauveur , &
cela n'eſt il pas conforme à la Religion , ne pourrions-nous pas
appliquer icy ces paroles de S. Cyprien à ſon cher ami Donat.
Sit nobis ſpiritalis auditio , proleÜet aures religioſa mulcedo. Si vous
euſſiés aſſiſté à nos Tenebres , vous vous ſeriés repenti d'avoir
blâmé une Muſique ſi devote , ſi convenable au temps & ſi
bien compoſée.

　　Quand vous me marqués que les inſtrumens de Muſique
ſont conſacrés aux pompes du monde , cela prouve trop : car
je vous ay montré qu'ils peuvent eſtre employés en bien
& en mal , cela dépend donc de l'application qu'on en
fait , ne peut-on pas tourner à des uſages ſaints , ce que
le monde applique ſouvent à des uſages profanes. La même bouche du pécheur qui maudit Dieu , ne peut-elle pas le benir dans
la ſuite ? L'Or & l'Argent qui ſervent à la vanité & à l'avarice ,
ne ſervent-ils point à décorer nos Egliſes , & à nourrir les membres de Jeſus-Chriſt ? Eſt-ce que les Pierreries qui avoient ſer-
vi à enrichir le veau d'or , ne furent point employées par Moyſe
pour ſervir au Tabernacle ; Ce n'eſt donc pas une preuve contre la Muſique & les Inſtrumens. Jugés par là , Mr. ſi la raiſon que
vous tirés du côté de l'application , que le monde en fait pour les
Pompes de ſatan , ſoit une raiſon fort ſolide & digne de vous. Je

pourrois vous dire avec S. Auguſtin , que ſi nous devons gemir dans ces temps , il faut pourtant que nos larmes ſoient mêleés de quelque joye. Ne croyez pas que je veüille introduire par là une Muſique rejoüiſſante ; mais auſſi vous avez tort de condamner les Inſtrumens, qui par leurs Harmonies nous porte à la triſteſſe. Pleurons donc en ces jours, que nos Muſiques & nos Inſtrumés pleurent auſſi, pleurons donc ſur nos pechez qui ſont la cauſe de la mort de Jeſus-Chriſt. Cependant , Mr. me pardonnerés vous la la hardieſſe que je prens de vous ſuplier encore un coup de conſulter S. Auguſtin , il vous détrompera de l'erreur, vous ne rougirés point d'être inſtruit par un ſi grand Maître , peut-être auriés vous de la peine à vous rendre ſur ma parole & ſur mes raiſons , liſés-le en ſon Enarration deuxiéme , ſur le Pſeaume vingt-& un , voyés ce Pere ſur ſon Symbole aux Cathecuménes , & vous changerés de ſentiment ; il vous dira en termes formels que ſi nous devons être dans la triſteſſe, nous devons auſſi nous rejoüir d'une joye paiſible & ſainte en ces tems , liſés encore un coup, & vous apprendrés des choſes bien contraires à ce que vous avácés, mais ne croyés-vous pas que ce ſoit vous faire affrôt après avoir prêché ſi long tems des Cathecaiſes , de vous dire que ſi vous aviés leu attentivement le Symbole aux Cathecuménes , vous auriés vû conſequemment que vos Rubriquaires ſe trompêt. Les Neophites de ce tems croyent mieux inſtruits dans nos Miſteres , que vos demi-ſçavants d'aujourd'huy. Je ne veux pas vous acabler d'un trop grand nombre de citations, reduiſons nous à quelque choſe de précis, on ne peut ſuivre ce grand Docteur & être de vôtre avis.

Il eſt tems, après vous avoir convaincu par d'auſſi ſolides raiſons & par des authorités ſi preſſantes , de vous faire voir la foibleſſe des preuves dont vous vous ſervés pour apuier vos ſentimens, pardonnés ſi un jeune Docteur veût aujourd'huy inſtruire le plus Anciens de nos Maîtres. Je feray gloire de vous ceder en mille occaſions, mais en cecy , je ne puis m'empécher de vous dire , que l'amour d'une trop grande ſeverité , ne vous a pas permis de faire une Critique exaĉte des authorités que vous avés rapportées.

Je vous diray d'abord en passant, que je me suis étonné que vôtre longue experiéce en fait de critique, & la profonde intelligéce que vous avés acquise, ne vous ayent pas cependant fait appercevoir, que vous cités un passage sur l'autorité d'un Ecrivain moderne, comme si le stile & les caracteres particuliers aux ouvrages de S. Cyprien ne vous étoient pas assez familiers, comme si vous ne pouviés pas vous instruire par vous-même, & voir si cét endroit est de ce S. Evéque, ou n'en est point : mais de bonne foy, Mr. ce passage que vous alleguès, veut-il parler d'une autre Musique que de celle qui est profane, & pour le dire en un mot mondaine. Les propres termes que vous cités, sans examiner ny ce qui les précede, ny ce qui les suit, veulent-ils prouver ce que vous pretendés, je ne veux que vos propres Armes pour vous conduire. *Aures per canora Musica tentat, ut in soni dulcioris auditu, solvat & mollat Christianum vigorem.* Mais si vous aviés consulté l'Original d'où ce passage est pris, & que je ne veux pas vous indiquer pour le present, vous verriés qu'il ne faut jamais se fier à des Copistes, voicy comme il est rapporté dans l'Original, jay mes raisons dans cette petite critique, *Aures per canorem Musicam tentat, soni dulcioris auditu solvat & mollat Christianum vigorem.* Cét Auteur dont je vous cache le nom est sur ma parole bien éloigné de vouloir parler de la Musique de nos Eglises, il déclame comme tous les jours les Predicateurs le font, contre les spectacles, & les pompes du demon, qui détournant l'ame de Dieu, la rendent molle & lassive. La musique sainte produit un effet tout opposé, elle porte à Dieu comme l'autre porte au monde. Je pourrois vous rapporter cent authorités tirées de l'Ecriture & des Peres, pour vous montrer que la Musique est été usitée dans toutes les Solemnités & pompes lugubres, peuteftre vous detromperoient-elles, en vous faisant voir que dans le deüil, les chants harmonieux & funebres ne sont point hors de saison. Eclaircissés-vous par vous même, avant que de declamer avec tant de hauteur, vous coviendrés aprés cela avec moy.

Quant à Belethus, dont vous vous servés comme d'un bouclier, faites-y je vous conjure un peu plus de reflexion, pour trop prouver, il ne prouve rien, son discours est d'un stile outré.

Il n'est pas naturel qu'on fit autrefois des mugissemens de Taureau dans la sainte Eglise de Paris, elle n'a jamais manqué de grands Hommes, comment n'eussent-ils point corrigé une si étrange Musique? Il faut donc conclure que Belethus ne veut dire autre chose, sinon que si aux Fêtes de Pâques, le chant doit convenir à la joye de l'Eglise, au temps de la Passion il doit avoir rapport à sa tristesse; mais, Mr. je vous prie, quil disconvient de cela? & à quoy sert vostre authorité tirée de Bellarmin? Belethus veut que nos chants soyent lugubres, & nous, voulons nous autre chose? Nous voulons que nôtre Musique soit triste: or pour la rendre plus triste, nous voulons faire pleurer les Instrumens, aussi bien que nos voix. Pour ce qui regarde l'endroit de S. Paul que vous citez, il est tout pour nous, & ne va point contre l'usage de l'Eglise, pourquoy donc vous en servir pour la dépouiller de la Majesté de ses chants?

Epargnés-vous, Mr. une autre fois tant de peine, ne soulevés plus les esprits, ne les aigrisses pas sur des choses aussi indifferentes, sous pretexte de zele, vous devés estre persuadé, que des dissentions de cette nature, refroidissent la charité: Enfin vous estes disculpé devant Dieu, dés que les choses ne roulent plus sur vôtre compte.

Mais pourquoy parlés-vous avec tant d'emportement contre la probabilité? Pourquoy dites-vous, qu'elle ne manquera pas de vous faire des repliques? En est-il icy question? pourquoy sortir de vôtre sujet? vous avés crû sans doute par là faire briller vôtre Esprit? Quoy donc, à qui vous adressés-vous pour parler de la Probabilité? souvent cette Probabilité qu'on blâme dans la speculation, est pourtant suivie dans la pratique; laissons ces questions à l'Ecôle, cherchons à nous réunir par un même cœur, & par un même langage, toutes ces disputes, au lieu d'édifier, n'alterent que trop la charité. *Contentationem magis præstant quam ædificationê.* Soions Disciples de Jésus-Christ, Enfans de son Eglise, ne soions ni à Pierre ni à Paul. Je voudrois bien, Mr. par cette réponse estre assés heureux pour vous persuader, qu'en soy c'est une chose indifferente d'honnorer Dieu, ou par la Musique, & ses

VIII

accompagnemens, ou par la Pſalmodie; mais qu'il n'en eſt pas
de même de rompre le lien de la paix, & de la charité: Si j'étois
dans le deſſein de m'étendre davantage, je vous ferois voir
que vous n'en avés pas gardé les regles, puiſque vous avés pen-
ſé cauſer un Schiſme parmi nous. Vous ſçavés quels emportemens
ont éclatés, & avec quels ſcandales? Mais vous ſçavés auſſi ce
que le Fils de Dieu dit, au ſujet de ceux qui en ſont autheurs?
Vôtre Lettre, Mr. vôtre Lettre ſeule les a excités par un zele trop
violent auquel elle a porté un de nos Freres.

Voicy le temps de la paix, Dieu veüille nous la donner, non
celle du monde mais la ſienne, travaillés-y, en ne condamnant
que ce qui eſt blamable, n'en croyés pas toûjours à vos lumieres, n'abuſés point de la credulité de certains eſprits, incapa-
bles de diſcerner le vray d'avec le faux.

Je finis en vous demandant avec S. Paul, que celuy qui mange ne mepriſe pas celuy qui ne mange point; & que celuy qui ne
mange pas, ne mepriſe point celuy qui mange, cette ſeule regle
bien meditée, vous fera reſter ſouvent dans un reſpectueux ſilence. Je ne ceſſeray pas un moment de vous honnorer, quoique
je paroiſſe aujourd'huy vous contredire, que les paroles de l'A-
pôtre couronnent, je vous prie, ma lettre: *Charitas Fraternitatis*
maneat in nobis. Amen. Je ſuis avec tout l'attachement poſſible,

MONSIEUR,

Vôtre trés-humble & trés-obéïſſant
Serviteur. DE BRAGELONGNE.

De Senlis ce 19. *Mars* 1698.

De l'Imprimerie de RENE' GARON à Senlis. 1698.

www.ingramcontent.com/pod-product-compliance
Lightning Source LLC
Chambersburg PA
CBHW061709180626
46818CB00003B/1330